LES POLONAISES
DE CRANSAC

Alain Gandy

LES POLONAISES DE CRANSAC

FRANCE LOISIRS

Édition du Club France Loisirs,
avec l'autorisation des Presses de la Cité.

France Loisirs,
123, boulevard de Grenelle, Paris.
www.franceloisirs.com

ISBN : 2-7441-5792-9

Ce roman est de pure fiction et n'a aucune source d'inspiration dans l'histoire de la Résistance dans le bassin minier aveyronnais.

Faible es-tu, de même que lâche, si tu cours ainsi dans la vie à la poursuite de responsables, réinventant un passé révolu dans la pourriture de ton rêve. Il se trouve que tu livreras, d'épuration en épuration, ton peuple entier au fossoyeur.

SAINT-EXUPÉRY, *Citadelle* (CCVIII)

1

Les poings vissés dans les poches de sa culotte d'uniforme, son épais cou de sanguin raide d'une gêne toute prête à devenir agressive, le capitaine Tournayre martela les trois pas qui l'emmenèrent jusqu'à la fenêtre de son bureau. De l'autre côté du boulevard, les quelques marronniers et tilleuls qui parsemaient le nouveau parking du Foirail hésitaient encore à bourgeonner pour marquer l'arrivée de ce printemps 1968. Sanglé dans une vieille vareuse qui sanctionnait avec perversité ses excès de table, le capitaine commandant la gendarmerie du département leva le menton d'un air furibond, comme s'il était prêt à charger les véhicules qui défilaient, un étage plus bas, sur le toboggan de l'avenue Victor-Hugo. Tournayre se sentait capable de s'en prendre à Dieu le Père, qui l'avait mis dans l'horripilante situation du bourreau contraint à supplicier son aide préféré.

Le parquet bien ciré se plaignit sous les quatre-vingt-dix kilos qui firent volte-face au ras de la fenêtre et revinrent jusqu'à la table croulante de dossiers. Toutes les chemises, de couleur vert Nil, étaient barrées de noms propres qui sentaient bon leur province : Baraqueville, Rignac, La Salvetat, Moyrazès, Laissac, Saint-Igest. La qualité du calligraphe de service avait réussi à traduire l'indifférence du plumitif pour ces titres soulignés, qui ne signifiaient pour lui que des « affaires », sans aucun souci des hommes et des femmes qui y étaient impliqués. Tournayre détestait cette indifférence.

De l'autre côté du bureau encombré, assis droit sur la chaise à coussin réservée aux notables qui avaient à rendre visite au patron de la gendarmerie, la victime promise à l'exécution regardait sans la voir la pile de paperasses couronnée par la chemise « Saint-Igest ». Comme si ce nom de bourgade avait matérialisé devant ses yeux le décor de la scène de Grand-Guignol à la fin de laquelle il avait cru assister à la mort de sa femme, l'adjudant-chef Joseph Combes paraissait totalement ailleurs[1]. Etranger à ce bureau

1. Voir *L'Affaire Combes*.

de Rodez, où il s'était si souvent rendu aux convocations du capitaine, en dix ans de commandement de la brigade de Villefranche. Combien de fois y avait-il reçu des ordres, des encouragements, des tapes sur l'épaule ? Combien de fois s'était-il permis d'y élever la voix, de défendre un point de vue contre l'entêtement de Tournayre, de prendre la défense d'un subordonné malchanceux ?

Etait donc venu le moment de faire le bilan des années passées ? Comme s'il s'apercevait inopinément que l'atmosphère était aujourd'hui au drame, Combes frissonna sur sa chaise et leva les yeux vers le visage tendu dont il croyait connaître toutes les expressions. Il y lut autant de chagrin que de colère.

Ce regard, où l'attente étonnée se mêlait au découragement, fit exploser le capitaine. Il se laissa tomber sur son fauteuil qui craqua ; un coup de poing exaspéré déclencha un effondrement de la pile de chemises.

– Crénom de nom ! rugit-il. Je sais bien que vous aviez toutes les raisons valables de tirer sur cette satanée bonne femme qui venait de faire feu sur votre épouse. Vous n'avez pas même eu le temps de constater qu'elle était désarmée !

– Je m'en suis parfaitement rendu compte, dit la voix calme de l'adjudant-chef. Mais ce n'était pas une raison suffisante pour l'épargner.

L'œil plein de défi ne cillait pas, si le menton tremblait imperceptiblement. La rage de Tournayre changea d'objectif :

– Evidemment, vous n'avez pas conscience qu'un aveu de cette sorte devant le conseil d'enquête vous condamnerait automatiquement. Bon Dieu, ne faites pas le jeu de ce sinistre procureur ! Il a décidé de faire un exemple avec votre aventure par pure ambition. Il ignore tout des sentiments qui peuvent faire réagir les hommes de terrain. Mais croyez-moi, mon vieux, vous ne manquerez pas de défenseurs parmi les membres mêmes de la commission d'enquête.

– J'espère au moins que ma brigade ne sera pas sanctionnée pour avoir ajouté un feu de salve inutile à ma réaction de mari vengeur !

Le capitaine avança son mufle furibond et s'efforça de retrouver le calme nécessaire au chef. Son subordonné préféré, à quelques centimètres de lui, ne gardait contenance qu'au prix d'un effort visible. Il n'était certainement pas nécessaire de lui représenter qu'il risquait de subir l'infamie d'une mise à la retraite disciplinaire après près de trente ans d'une carrière brillante. Au mieux, l'adjudant-chef Combes, auquel la décision du colonel commandant la gendarmerie régionale, à Toulouse, avait déjà retiré le commandement de sa brigade, serait maintenu en activité jusqu'à l'âge normal de la retraite de son grade, et croupirait encore quelques années dans les rangs d'un détachement départemental.

– Quelles nouvelles de l'état de votre chère femme ? demanda Tournayre. La savoir au centre hospitalier de Rodez, où vous pouvez la visiter quotidiennement, doit vous apporter un peu d'apaisement.

Combes parut se détendre et hocha la tête, mais son visage habituellement coloré et jovial ne quittait pas le voile de résignation qui le marquait depuis qu'il avait retrouvé son épouse blessée et qu'il avait dû quitter à la va-vite son fief de Villefranche, confié à son adjoint Ronsard.

– Le médecin-chef m'affirme que Claire se remettra, admit-il sans enthousiasme. Sa blessure au crâne a entamé l'os mais n'a causé aucune lésion cérébrale irréversible. Quant aux drogues que sa geôlière l'a forcée à prendre à doses inconsidérées, elles ont fait des ravages dans son état mental. Ce matin, à mon passage à l'hôpital, elle ne m'a même pas reconnu. Le toubib prétend que tout redeviendra normal dans quelques semaines. Heureusement que ma belle-mère a pu emmener les enfants chez elle à Bergerac. Ils sont passés par une dure épreuve, eux aussi.

Le tempérament passablement éruptif du capitaine ne pouvait s'accommoder long-temps d'un abus de pessimisme. Il avait la prétention de bien connaître le caractère de ses subordonnés, et la réaction de Combes, marquée par une trace d'espoir, même peu enthousiaste, était de bon augure. C'était à lui, le patron, d'entretenir la flamme.

– En somme, dit-il benoîtement en se redressant dans son fauteuil, la Faculté est rassurante en ce qui concerne le rétablissement de votre épouse. Pour ma part, je ne veux traiter que le chapitre disciplinaire. C'est une affaire simple. En moins d'une semaine, vous avez mené une enquête brillante et avez retrouvé les deux victimes d'un rapt, un enfant et votre femme, d'ailleurs blessée au cours de l'assaut donné au repaire des ravisseurs. Dans l'action, vous avez été amené à abattre la responsable de ces crimes. Totalement inconscient des conditions particulières de cet assaut nocturne, notamment de la présence de chiens de combat prêts à réagir, le procureur n'a pas supporté que vous fassiez usage de votre arme. Il a porté plainte. Réglementairement, le colonel était obligé de vous suspendre de votre commandement et de réunir une commission d'enquête. Je peux vous affirmer que ce digne procureur sera seul à défendre sa thèse, face aux témoins qui soutiendront la mienne. Vous voyez qu'il n'y a pas de quoi paniquer !

Au fur et à mesure qu'il avait résumé les tenants et les aboutissants du dossier, Tournayre paraissait s'être convaincu lui-même de l'excellence de sa position. Il termina avec une mine presque hilare et souffla dans ses joues au rythme d'une sonnerie de cavalerie. En face de lui, peu à peu réanimé par la prestation optimiste de son chef, Combes, doutant encore de la sincérité du capitaine, dont il connaissait de longue date l'art de la manipulation, avait tout de même carré les épaules et quitté l'appui du dossier de sa chaise. D'un œil redevenu vivant, il considéra les sourcils charbonneux levés en drapeaux, le long nez un peu bulbeux qui mordait sur la moustache gauloise et le menton batailleur empâté par un soupçon de doublement.

– Voulez-vous me faire croire, mon capitaine, que ma bavure, car c'en est une, et de surcroît volontaire, n'aura pas de suites graves ?

– Mon petit vieux, cessez de jouer les preux chevaliers qui battent leur coulpe. « Si Combes n'avait pas abattu cette Walkyrie sur-le-champ, a dit le juge Massac, les dobermans de la donzelle auraient transformé l'affaire en massacre à la première injonction de leur maîtresse. » Massac était présent, lui aussi, rappelez-vous. Il est outré de la lâcheté de son procureur. J'ai reçu d'autre part une réponse au câble que j'avais adressé à la mère de votre victime, qui m'annonce sa visite à Rodez pour la fin de la semaine et qui déclare, je cite, « se désintéresser du sort de ses indignes rejetons et vouloir s'abstenir de toute action contre la justice française ».

Sur sa chaise, Combes avait retrouvé figure humaine. Après les heures sombres des premiers soins donnés à Claire, la sanction blessante de sa suspension et son départ hâtif de Villefranche, il se voyait offrir des raisons solides d'espérer. Il n'arrivait pas vraiment à y croire mais se sentait plein de reconnaissance à l'égard de son capitaine.

Tournayre connaissait réellement le fonctionnement de l'esprit de son adjudant-chef. Après la dose de paternalisme et de compréhension qu'il venait de lui dispenser, il convenait de reprendre les rênes en main et de faire sentir la rigueur de la discipline.

– Nous ne reviendrons pas sur cette histoire avant la réunion de la commission, dans trois semaines environ. Jusque-là vous êtes détaché à la brigade de commandement de Rodez. Pas aux arrêts, bien entendu. Ne croyez pourtant pas que vous n'aurez qu'à visiter la ville, ou à aller voir les progrès de votre Claire à l'hôpital. Vous n'êtes pas en permission. Dès demain matin, j'aurai de quoi vous employer. Remettez-vous droit dans vos bottes, serrez les dents sur vos malheurs, mettez-vous en tenue civile et allez prendre une cuite dans un bistrot où personne ne vous connaîtra. Rompez.

Il affecta de ne pas avoir l'air de s'intéresser au cérémonial que Combes respectait avec la rigueur d'un catéchumène. Un képi chaussé droit, un garde-à-vous sans relâchement, un salut décidé sans fantaisie, un demi-tour de soldat de plomb, quatre pas sonores jusqu'à la porte du saint des saints ont souvent tenu lieu dans les carrières militaires de phrases respectueuses, de remerciements, de marques de confiance et de dévouement. De derrière son bureau encombré, du coin de l'œil, le capitaine Tournayre nota avec satisfaction que son visiteur avait souri, ce qui ajoutait à tous ces bons sentiments un zeste d'affectueuse complicité.

2

Le major William Harold O'Shaffy avait passé vingt-huit des cinquante ans de son existence à prétendre qu'il pouvait, tant en paroles qu'en comportement, être pris pour un Européen du continent, et plus particulièrement pour un Français. Il admettait volontiers, quand son sens de l'humour était réchauffé par quelques verres de Jameson, que les frasques de son père Oliver à Paris, Vienne, Berlin et Venise, où il avait vécu au début du siècle comme activiste irlandais à la recherche d'appuis politiques et surtout financiers, avaient sans doute préparé ses gènes à s'identifier parfaitement avec ceux des habitants du Tyrol ou du Milanais. En tout cas, la Deuxième Guerre mondiale avait donné à William O'Shaffy l'occasion de tenter de se faire passer pour un Aveyronnais. En service dans un réseau Buckmaster, puis dans une filiale de filiale de plus en plus secrète, il avait fini par être parachuté en 1944 comme instructeur auprès d'un maquis français de l'Organisation de la Résistance de l'Armée, opérant dans la région de Rodez. Séparé de son unité de rattachement par la tourmente de la libération du Sud-Ouest, il avait refait surface en Angleterre après la guerre, se prévalant d'une année de captivité ambulatoire dans les serres de la Gestapo, dont l'évocation lui avait valu décorations, considération et déroulement paisible d'une carrière « bureaucratique » dans un de ces organismes complexes et discrets à la John Le Carré, dont on évite de parler.

Rayé du service actif, pour autant qu'on puisse l'être dans les rangs de ces institutions, le major William H. O'Shaffy, KC, DSO[1], avait eu près d'un an pour préparer les plans de son retour dans l'Aveyron. C'était une mission privée, qu'il s'était assignée de longue date dans le secret le plus strict. Sans reconnaître grand-chose de la topographie locale, il était arrivé à Rodez le premier jour du mois d'avril 1968, enfin prêt à l'action.

---

1. KC, DSO : King Cross, Distinguished Service Order (décorations britanniques).

Bizarrement, pour quelqu'un qui voulait passer pour un autochtone, il avait choisi de descendre à l'hôtel du Plateau, temple local du tourisme cossu, brillamment coté dans les guides. On l'y avait accueilli avec l'application et la bonne éducation réservées aux voyageurs de bon ton ; personne n'avait paru s'étonner du volume de sa moustache, qui sentait son retraité des Indes à un bon mile, de l'aspect de sa veste de tweed à gros carreaux beiges et coudes de cuir ou de ses chaussures de golfeur à crampons ; pas davantage de ses fautes de syntaxe et de son accent incamouflable. Une fois pour toutes, en faisant monter deux énormes valises de cuir dans sa chambre, il avait déclaré à la réception : « S'il vous plaît, je souhaite parlant le français durant mon total séjour ! C'être ma langue vraiment natale. »

Le client ayant toujours raison, personne de l'hôtel n'avait enfreint la consigne depuis trois jours. On servait ce petit homme sec au regard intrépide, qui avait si bon appétit au restaurant et qui passait les trois quarts de son temps à lire des cartes routières et des dépliants dans le fumoir de l'hôtel, avec la même gentillesse provinciale qu'on eût mise à renseigner un voyageur venu de Lyon, de Carpentras ou de Bordeaux.

D'ailleurs, on comprenait presque tout ce qu'il voulait dire, et il semblait comprendre, dès le premier énoncé, presque tout ce qu'on lui disait. Il avait l'air calme, et même placide, et de bonne compagnie, puisque ses deux seules sorties, à ce qu'il avait annoncé, avaient été pour la préfecture et pour la gendarmerie.

Sans doute avait-il demandé à y rencontrer des personnages de poids, car il confia à madame Gallourdens, qui s'enquérait de la durée de son séjour, qu'il était là pour une affaire importante qui prendrait du temps. Madame Gallourdens, habituée du salon de thé de l'hôtel, avait la langue cancanière et s'était répandue sur la qualité de ce voyageur à l'accent étrange qui souhaitait prendre contact avec les autorités locales. Elle avait ainsi donné, aux quelques bourgeoises oisives qui venaient régulièrement au Plateau, matière à de vagues constructions romanesques à propos de cet original. Encore est-il juste de reconnaître que l'âge du personnage, son aspect chétif et son goût en matière d'habillement n'entraînaient pas à imaginer des intrigues véritablement passionnantes. Aussi l'annonce fort peu stylée, faite du haut des trois marches séparant la réception du salon de thé par mademoiselle Juliette, préposée au téléphone cet après-midi-là, n'excita-t-elle que moyennement les esprits.

– Monsieur Auchaffi, dit-elle à voix haute en direction du major qui feuilletait un livre sur Decazeville à l'abri d'un pot d'aspidistras, le capitaine de gendarmerie vous fait dire qu'il vous attendra demain matin à neuf heures à son bureau.

Les quelques curieux qui avaient levé un œil vers le héros de madame Gallourdens purent constater qu'il avait reçu la communication avec flegme, et que cette absence de discrétion ne l'avait apparemment pas choqué. Ce qui semblait affirmer au moins la limpidité de ses intentions.

Ailleurs qu'à l'hôtel du Plateau, on se posait aussi des questions sur la présence de cet étranger à Rodez et sur les raisons de ce séjour. Il est assez rare qu'un touriste qui n'a pas défrayé la chronique des faits divers sollicite une entrevue avec le commandant de gendarmerie d'un département ; plus encore avec le préfet.

Le gendarme de permanence, qui avait reçu la carte de visite du major et sa demande d'audience, n'avait obtenu aucune précision sur les motifs de cette démarche. A peine avait-il pu ralentir l'impatience du capitaine Tournayre en signalant que ce monsieur bizarre lui avait demandé comment se rendre à la préfecture où il souhaitait rencontrer un « responsable ».

Tournayre, occupé à garnir le dossier Combes au plus vite, aurait certainement fait traîner la requête du sieur O'Shaffy s'il n'avait reçu un coup de téléphone de François Gaillard, le sous-préfet récemment nommé secrétaire de préfecture, qui cherchait désespérément ses marques dans ses nouvelles fonctions.

– Mon cher capitaine, dit la voix prudente de Gaillard, peut-être allez-vous recevoir, comme moi ce matin, la visite d'un personnage que je n'arrive pas à situer. J'en ai parlé à monsieur le préfet qui m'a recommandé de vous lancer à la pêche des renseignements complémentaires sur ce sujet britannique. Je vous envoie un mémo d'urgence.

Le mémo du secrétaire était étalé sur le bureau du capitaine, entre Tournayre et Combes, assis face à face. L'adjudant-chef semblait avoir retrouvé son énergie, à défaut de sa bonne mine. Sa visite de la matinée à l'hôpital avait été rassurante, même si Claire paraissait encore plongée dans le sommeil.

« L'effet des drogues s'atténue, avait assuré l'infirmière de garde, elle dort presque naturellement ! »

Maintenant, il s'efforçait de ne plus penser à ses malheurs. A coup sûr, se lancer dans le travail proposé par Tournayre serait le meilleur des remèdes. Pour la troisième fois, le capitaine lisait à voix haute le papier à en-tête. On sentait que le rédacteur avait choisi ses mots avec soin, et la voix forte soulignait les intentions supposées de monsieur Gaillard.

« Objet : Major William Harold O'Shaffy. Sujet britannique. Prétend avoir été parachuté en 1944 comme instructeur du maquis Vaillance. Serait aujourd'hui sans aucune mission officielle. Déclare souhaiter seulement retrouver traces récentes de compagnons d'armes. Désire notre aide éventuelle. Il serait bon... » Là, c'est le préfet qui cogite, constata gravement Tournayre, « ... il serait bon d'encadrer soigneusement démarches major S. capables de réveiller localement les rivalités entre maquis de différentes obédiences. Suivant renseignements demandés aux RG Paris, autorité établira conduite à tenir envers visiteur. »

– On ne peut pas dire, soliloqua l'adjudant-chef, que le préfet manifeste beaucoup d'enthousiasme. Mazette ! remonter jusqu'aux Renseignements généraux à propos d'une visite en France d'un ancien combattant allié après un quart de siècle ! C'est un vieux sentimental, cet Anglais ; peut-être a-t-il simplement envie d'écrire ses souvenirs. Je me demande bien quelle conduite nous pourrions observer à son égard.

Le capitaine se réjouissait de voir redémarrer la machinerie intellectuelle de son subordonné, mais l'angélisme de Combes s'éloignait trop de la prudence recommandée par la préfecture.

– Vous ignorez que pendant ce quart de siècle les anciens membres de ces maquis « de différentes obédiences » se sont bouffé le nez à chaque évocation de leurs actions passées. Pour celui qui incarne l'autorité de l'Etat, marquer par une cérémonie la date-souvenir d'un accrochage dans un hameau, apposer une plaque à la mémoire d'un fusillé, accepter de figurer à un banquet de vétérans ou prononcer un discours déclenche quasi automatiquement l'apostrophe d'un survivant d'un autre mouvement de résistance, une manifestation, des articles incendiaires dans les organes de presse de la province, éventuellement des bagarres. Bienheureuses les communes qui n'ont été libérées que par des combattants d'une unique école de pensée. Elles ne connaissent pas ces rivalités dans le partage des heures glorieuses. Je comprends que le préfet n'ait pas envie d'en réveiller les démons pour la simple satisfaction d'un auxiliaire britannique, si bien intentionné soit-il.

La verve de Tournayre, qui avait sûrement au cours de son commandement été chargé de ramener au calme quelques anciens justement courroucés, rappela opportunément à Combes ses premières années de service, sous les ordres du chef Martellat, et la difficile affaire du meurtre d'un chef de maquis[1].

– Autrement dit, admit-il, nous allons aider ce major tout en le surveillant.

– Vous feriez un bon secrétaire de préfecture, sourit le capitaine. Téléphonez à l'hôtel du Plateau pour convoquer votre sentimental à mon bureau. Demain matin, neuf heures. Vous assisterez à l'entrevue. En attendant des directives plus précises, c'est

1. Voir *Un sombre été à Chaluzac*.

vous que je charge de marquer cet olibrius à la culotte. Officiellement.

En avril ne te découvre pas d'un fil, dit le dicton. Combes, de plus en plus requinqué grâce à la sympathie bourrue manifestée par son capitaine, retint un éclat de rire en voyant entrer dans le bureau de Tournayre un explorateur qui se destinait à affronter les plus rudes climats. La fragile silhouette du visiteur disparaissait sous un conglomérat de pull-overs ras du cou, de cardigans de couleurs variées, d'écharpes de mohair à plusieurs spires qui tutoyaient les pointes des moustaches, et de solides gants de pécari doublés de soie. Le complet qui enveloppait le tout, de gros tweed chiné gris fer et brun noyer, comprenait une veste à cinq boutons de coupe Mao et une culotte de golf dont les jambes étaient protégées par de hautes guêtres de toile bise bouclées sur des brodequins himalayens. L'équipement était sans doute largement capable de supporter plus de rigueur que les six degrés centigrades affichés ce matin-là à Rodez.

Un feutre assez repoussant à la main, l'homme s'inclina devant les deux gendarmes levés pour l'accueillir. Il déroula l'écharpe supérieure, ce qui ouvrit enfin une fenêtre permettant de voir son visage délicat et ridé, ses sourcils roux laineux surmontant deux yeux bleu vif en boutons de bottine et un nez pointu. Séparés par une raie rigoureuse sur le côté gauche du crâne, les cheveux abondants étaient domestiqués en deux escalopes d'acajou bien lisse, sur lesquelles luisaient des reflets de brillantine.

– Permettez que je me présente, dit l'arrivant. William Harold O'Shaffy, citoyen britannique d'origine irlandaise, major en retraite depuis une année.

– Asseyez-vous donc, major, dit très aimablement le capitaine, qui précisa son nom et celui de Combes. Si vous le voulez bien, continua-t-il, l'adjudant-chef assistera à notre conversation. Etant donné qu'il sera affecté à la satisfaction de vos désirs pendant votre séjour chez nous, je crois qu'il sera ainsi immédiatement au courant de vos besoins.

– Oh, coupa l'autre qui semblait s'éteindre sous le regard inquisiteur de Combes, je suis vraiment honteux de vous causer ce travail. Il sera inutile que monsieur perde autant de son temps. Réellement, je souhaite seulement…

Il était manifeste que Tournayre voulait donner à l'entretien un style résolument mondain, alors qu'O'Shaffy ne cherchait qu'à exposer au plus vite son affaire. Témoin silencieux, Combes tentait de se faire une opinion sur le personnage. Peut-être parce que la première réaction de l'autorité avait été de méfiance, il aurait apprécié, par esprit de contradiction, de voir se présenter un « client » sans artifice auquel il eût pu accorder au moins le bénéfice du doute. L'entrée du major, que son habillement voulait théâtralement faire passer pour timide et maladif, ne le satisfaisait pas. A première vue, le visage était celui d'un homme de cinquante ans à peine ; les traits étaient affûtés et le regard mobile et perçant ; le dénommé O'Shaffy, si tant était que ce fût son nom, justifiait dès l'abord les pincettes prises par Gaillard et Tournayre pour examiner son cas.

– Je vous demande d'abord de pardonner mon déguisement, dit soudain le visiteur en se redressant sur sa chaise.

Il ajouta après avoir arraché un deuxième cache-nez :

– Je me doutais que des professionnels comme vous ne seraient pas dupes longtemps de mes ridicules de touriste souffreteux. Je crois quand même avoir réussi à imposer mon personnage à monsieur le secrétaire de la préfecture, hier matin.

Le nouveau major O'Shaffy semblait hésiter entre la satisfaction éprouvée la veille et le regret un peu honteux de sa mascarade présente.

– Tout de même, dit Tournayre en faisant mine de sourire, quand on se travestit, c'est qu'on veut s'amuser ou tromper quelqu'un. Je ne pense pas que vous soyez venu me voir pour vous amuser. Qui donc voulez-vous tromper ?

Derrière leur brousse rousse, les petits yeux malins étaient devenus très sérieux.

– Tous ceux qui pourraient vouloir m'empêcher à tout prix de retrouver les coupables d'un crime vieux de vingt-quatre ans. Je les connais bien.

– Pourquoi avoir attendu tout ce temps pour les dénoncer ?

Le major baissa la tête, comme s'il examinait ses mains en détail. Longs et minces, les doigts se terminaient tous par des boursouflures roses, cicatrices d'ongles arrachés voilà longtemps. De l'autre côté du bureau, les deux gendarmes échangèrent un regard qui contenait autant de répulsion que de pitié.

– Je ferais mieux, dit lentement O'Shaffy, de vous raconter à la fois mon histoire et mes intentions. Au moins dans les grandes lignes. Peut-être savez-vous déjà que j'ai participé comme instructeur parachuté à la vie d'un de vos maquis de l'armée en 1944, à une vingtaine de kilomètres d'ici. J'étais notamment chargé des parachutages d'armes. Evidemment ma présence a donné des idées à un autre maquis de la région d'Aubin-Decazeville, de tendance politique diamétralement opposée. Ces gens-là m'ont contacté pour me convaincre de les inclure dans mon programme de parachutages. Fort des consignes reçues, j'ai catégoriquement refusé. Ils se sont vengés en me dénonçant aux Allemands, qui m'ont arrêté fin juillet en même temps que deux sous-officiers de notre maquis. Ces deux-là ne sont jamais revenus. Moi, si. Décidé à retrouver la trace de ceux qui m'avaient livré. Pendant plus de vingt ans, abonné à Londres à tous les journaux régionaux de votre Sud-Ouest, lisant tout ce qui paraissait comme monographies ou livres d'histoire sur la Résistance, j'ai chassé ces gens dont j'ignorais bien sûr le véritable nom, à la recherche d'un lieu-dit, d'une photographie, du compte rendu d'une cérémonie qui me mettrait sur la voie. Enfin, il y a quelques mois, à propos je crois d'un concours de pêche, j'ai lu le nom d'une petite bourgade près d'Aubin. C'était le pseudonyme de mon dénonciateur. Depuis, j'ai étudié toutes les possibilités de le retrouver plus précisément. C'est là que vous entrez en jeu. Avec l'appui des amicales d'anciens des maquis, je crois que vous retrouverez cet individu.

Le capitaine n'avait pas quitté le major des yeux durant son monologue, mais il avait manifesté par ses mimiques, ses sentiments successifs, à chaque péripétie de l'aventure : incrédulité, colère, amertume, compréhension, inquiétude. Après quelques instants de silence, il se pencha vers O'Shaffy :

– Auriez-vous l'intention de vous faire vous-même justice ? Pouvez-vous croire que je vous livrerais votre coupable, si tant est que nous le retrouvions ?

Le visage du major se durcit, à croire que le Français l'avait insulté.

– Vous savez, mon capitaine, si je voulais régler seul cette affaire je pourrais louer une voiture et aller écumer la région d'Aubin sans votre concours.

Cette fois, ce fut Combes, jusque-là totalement silencieux, qui devança Tournayre :

– Mais vous craignez que votre déguisement de vieux touriste maladif n'arrive pas à tromper la mémoire de votre homme, que vous croyez capable d'achever le travail commencé il y a vingt-quatre ans pour éviter que vous n'ébruitiez sa trahison ? Tandis qu'avec la protection de la maréchaussée…

La remarque était tellement inattendue, et faite sur un ton si ironique, que William H. O'Shaffy quitta sa chaise et releva le menton d'un air outragé, comme s'il avait été piqué par les épingles de sa King Cross et de sa DSO.

– Je ne pensais pas, en venant dans ce bureau, que d'anciens compagnons d'armes couvriraient un ancien ennemi de leur pays et diraient autant de contrevérités sur mon sens de l'honneur et mon courage personnel, dit-il avec raideur.

Profitant de ce que le visiteur se penchait pour ramasser ses écharpes répandues sur le plancher, Tournayre jeta à son adjudant-chef un regard furibond, avant de se retourner vers le Britannique :

– Voyons, major — et sa voix était aussi sirupeuse que celle d'un grand-père aux prises avec un enfant capricieux —, voyons, vous qui vouliez parler avec des professionnels, vous deviez bien vous attendre à ce que nous analysions tous les aspects de votre dossier ? Retrouver votre bonhomme ne sera pas aussi facile que vous semblez le croire. Il va falloir que vous coopériez avec l'adjudant-chef Combes, qui est le plus fin limier de ma compagnie, et que vous lui fournissiez tous les détails dont vous pourrez vous souvenir concernant ces quelques mois de 1944.

La voix d'O'Shaffy était peut-être froide, mais totalement dépourvue de rancune.

– Pardonnez mon mouvement d'humeur, dit-il. Il se trouve que j'ai écrit par le menu le récit des trois mois que j'ai passés en France à l'époque. C'était mon rapport de mission, après mon retour à Londres. J'en ai un double dans mes bagages, que je vous remettrai volontiers.

Combes s'inclina, avec la déférence due à un officier étranger.

– Très bien, major. Je passerai prendre ces papiers à l'hôtel du Plateau cet après-midi. Si votre dénonciateur est encore vivant, tranquillisez-vous, nous le retrouverons.

Rééquipé avec le même soin qu'à son arrivée, le visiteur s'arrêta sur le chemin de la porte et tourna vers l'adjudant-chef un visage stupéfait :

– C'est vrai, *my God,* il pourrait être mort !

– Tout à l'heure, intervint Tournayre, vous ne m'avez pas donné de réponse. Que voulez-vous faire de lui si nous le retrouvons ?

– Je pense, hésita quelques secondes l'ancien prisonnier de la Gestapo en remettant ses gants, que j'aimerais lui dire : « Finalement j'ai gagné la partie, en te remettant à la justice française ! »

Le capitaine hocha la tête avec componction comme s'il goûtait particulièrement la noblesse de cette décision, et vint jusqu'à la porte de son bureau pour serrer la main du major. Sans doute ce geste n'était-il pas une habitude dans les Services londoniens car O'Shaffy parut d'abord ne pas comprendre ce qu'on attendait de lui. Les deux hommes dansèrent un petit ballet ridicule devant un Combes impassible qui attendait de reconduire le visiteur.

Quelques minutes plus tard, quand il revint dans l'antre de son capitaine, l'adjudant-chef trouva celui-ci à demi basculé sur le dossier de son fauteuil, les mains nouées derrière la nuque, les sourcils froncés et le regard au plafond. Quand il baissa enfin les yeux sur le « plus fin limier de sa compagnie », Tournayre s'irrita nettement de le voir sourire, de cet air satisfait qu'il arborait, depuis qu'ils se connaissaient, à chaque fois que ce damné enquêteur subtil prenait une longueur d'avance sur sa hiérarchie.

– Cré bonsoir ! ronchonna-t-il, qu'est-ce qui vous a pris de traiter cet O'Shaffy de maladroit et de dégonflé ! Pour un peu nous avions un incident diplomatique sur les bras ! Voilà qui aurait plu au préfet !

Le sourire de Combes s'élargit :

– J'ai juste voulu lui faire comprendre que je n'étais pas dupe de ses petites comédies. Ce major est un homme de métier, mon capitaine, un truqueur, un manipulateur. Son déguisement était uniquement une façade, pour se constituer une fausse personnalité à l'hôtel et dans les démarches courantes. Eventuellement pour nous entraîner, nous aussi, à estimer nécessaire de le protéger. En fait, je crois qu'il a d'autres intentions que celles qu'il a avouées.

Tournayre ne semblait pas tellement surpris.

– En somme, vous croyez à la véracité de son histoire mais vous lui prêtez une envie de vengeance personnelle. Eh bien, il va falloir ouvrir l'œil, d'abord pour retrouver le gibier, ensuite pour empêcher le chasseur de faire des bêtises. Si vous craignez de manquer de moyens, demandez. Si vous êtes dans le vrai, vous aurez la préfecture derrière vous.

– J'espère que ça suffira, soupira Combes subitement préoccupé. Nous sommes peut-être des pions dans une grande manœuvre d'un de ces services secrets tordus, lancé dans un règlement de comptes vieux de vingt-cinq ans.

Interloqué, le capitaine se cramponna aux bras de son fauteuil.

– O'Shaffy n'est peut-être qu'un agent actif servant de leurre pour nous pousser à remuer le vivier des anciens résistants d'où il espère faire sortir quelques cibles, compléta pensivement l'adjudant-chef. Tout est possible ! Supposons qu'il s'agisse de la liquidation d'un réseau d'agitateurs politiques recrutés en 1944.

– La Grande-Bretagne ne fait pas d'action politique souterraine en France, vous affabulez, coupa violemment Tournayre en tapant du point sur sa table. C'est du roman d'espionnage !

– Puisque vous le dites…

Bras croisés, les yeux baissés dans une réflexion silencieuse, le fabricant de romans attendit le retour au calme, quelques minutes durant. Le front du capitaine ne se défroissa que lentement ; il balaya nerveusement quelques dossiers puis se décida à sourire, parce qu'il était un optimiste congénital.

– Il faut toujours que vous lanciez des pavés dans un verre d'eau, hein ? Je ne repousse pas votre supposition farfelue, mais nous la baptiserons « hypothèse numéro deux ». Pour le moment nous travaillerons sur l'hypothèse numéro un : l'histoire que nous a racontée ce supposé ex-major est vraie, et nous devons trouver son dénonciateur avant lui, pour l'empêcher de faire une connerie. Point.

– Ensuite ?

– Ensuite nous rendrons compte et attendrons des ordres. Nous ne sommes là ni pour juger ni pour punir. Commencez donc par éplucher le rapport que doit vous remettre O'Shaffy et tâchez d'y trouver des indices utiles.

A quinze heures quinze, ce même jour d'avril, trois coups décidés frappés à la porte de son bureau tirèrent le capitaine Tournayre d'une rêverie maussade, qu'avait fait naître un déjeuner de travail à la préfecture. Monsieur Gaillard l'avait submergé de conseils de prudence et de promesses de lâchage en cas de développements intempestifs de l'histoire des maquis locaux.

Combes était déjà devant lui, une grosse enveloppe de papier bulle sous le bras. Il avait l'air excité et vaguement heureux du chasseur qui entame une traque difficile pour l'amour du sport. Tournayre connaissait bien le demi-sourire qu'il lisait dans les yeux clairs de son petit subordonné. C'était généralement le signal que des complications se présentaient. Le capitaine exécrait les complications, plus encore parce qu'il soupçonnait l'adjudant-chef de les apprécier.

– Alors, aboya-t-il, vous avez ces fichus papiers ?

– Je les ai, dit Combes, le major me les avait déposés sous enveloppe à la réception avant de partir en voyage.

– Quoi ? Où ? Comment ?

– Il a loué une voiture chez Avis, avec laquelle il a quitté l'hôtel, une trousse de toilette sous le bras. Il a laissé ses bagages en déclarant qu'il reviendrait demain en fin de journée. Heureusement que j'ai de quoi lire d'ici là. A toutes fins utiles, j'ai obtenu de l'agence de location le numéro minéralogique du véhicule de *mister* O'Shaffy !

3

« Rédigé entre le 25 août 1945 et le 14 octobre de la même année au cours de son séjour à l'hôpital militaire de Colchester par le lieutenant William H. O'Shaffy, ce rapport de mission a été traduit en langue française par Paddy Peter Conelly, interprète officiel à la section Europe du MI5, afin de faciliter recoupements et vérifications auprès des autorités françaises impliquées. Fait à Londres, le 8 décembre 1945. »

Pensif, Combes reposa la liasse d'une vingtaine de feuillets dont il venait à peine de commencer la lecture.

La chambre qui lui avait été allouée au second étage de l'immeuble de la gendarmerie, dans le couloir des célibataires, était monacale, tant par le silence qui y régnait que par la simplicité du mobilier : un lit métallique étroit équipé des couvertures réglementaires, une armoire de tôle peinte en vert sombre, une table à tiroir unique, une chaise et un fauteuil en hêtre verni. Une haute fenêtre sans rideau, orientée au sud-est, faisait face, au-delà des arbres qui bordaient de leur feuillage de printemps la perspective de l'avenue Victor-Hugo, à la butte de la vieille ville dominée par l'écrasante masse de grès rose de la cathédrale Notre-Dame, peu à peu noircie par les siècles dans sa carapace de fortifications.

Cet imposant point de vue, dans son éternité minérale, ajoutait à l'austérité du logement, mais l'adjudant-chef n'y était pas sensible. L'éclatement soudain de la bulle dans laquelle il avait vécu tant d'années à Villefranche, la perte brutale de ses points d'ancrage familiers, l'absence de sa femme et de ses enfants, la privation de « sa » brigade, et les menaces qui pesaient sur la suite de sa carrière l'avaient jeté dans une sorte de détachement de grand voyageur, en transit dans un pays inconnu dont il faudrait apprendre les coutumes et les modes de travail. Il admettait tout à fait qu'une activité conforme à son expérience pût l'aider à combattre ses angoisses, mais il pensait qu'elle n'aurait plus jamais la priorité, comme auparavant. A Villefranche, chacune de ses enquêtes avait mobilisé son cœur, ses nerfs, son énergie. Aujourd'hui il avait l'impression d'être un spécialiste appelé en consultation sur un problème qui lui resterait étranger.

Pourtant, par honnêteté envers le capitaine Tournayre qui lui manifestait une sympathie si roborative, il se promit de prendre à bras-le-corps l'affaire O'Shaffy, et baissa les yeux sur le récit d'une aventure vieille de vingt-quatre ans.

« Objet : Mission Buck.45438. Transport à destination maquis Vaillance des Forces Françaises de l'Intérieur (région Conques-Rodez). Moyen : Lysander fourni par escadron de liaison de Milligates (Sussex). Personnel embarqué à 23 heures le 2 mai 1944 : lieutenant W. H. O'Shaffy affecté en tant qu'instructeur Armement et Parachutages, sous-lieutenant Darneval et sergent-chef Huchon, tous deux mandatés par BCRA des FFL [1]. Poser prévu sur terrain balisé le 3 mai à 4 h 00. Message d'annonce envoyé suivant vacations codées nuit du 1er au 2 mai : "L'Irlande restera une île, trois fois." Réponse "aperçu" par destinataire le 2 à 6 heures. Décollage effectué 23 h 45. Poser

1. BCRA des FFL = Bureau Central Renseignements et Action des Forces Françaises Libres.

sur objectif difficile raison couverts trop proches. Personnel prévu débarqué RAS. Appareil rentré avec deux passagers annoncés par BCRA. »

Au-dessous de ce premier paragraphe du compte rendu officiel tapé à la machine, sur une feuille dénuée d'en-tête et de références de classement, un commentaire avait été écrit au stylo, en français. Sans doute par le personnage central de l'histoire, désireux d'humaniser le double du rapport qu'il s'était procuré, en notant ses états d'âme et ses impressions.

« Bien que tout à fait préparé à ce qui m'attendait par le stage de formation, j'ai beaucoup regretté d'être aérotransporté plutôt que parachuté. La durée du vol en Lysander, nettement plus longue, laisse trop de temps à la réflexion. Comment la réception a-t-elle été organisée ? Est-elle tout à fait sûre ou bien les Huns ont-ils été renseignés et seront-ils là pour nous cueillir ? Mes deux compagnons n'ont pas été d'un grand secours. Darneval, à peine vingt ans, était fébrile, et les efforts manifestes qu'il faisait pour se maîtriser l'ont rendu muet et antipathique ; quant à Huchon, c'est un vieux rengagé sauvage qui s'est endormi avant même le décollage et ne s'est réveillé, impeccablement équipé de pied en cap, que lorsque les roues de l'avion ont touché la piste. Sans lune, le survol à basse altitude d'une terre inconnue, d'un menaçant noir d'encre, est assez déprimant. La subite apparition, au sol devant l'appareil, des lumières dans des pots de sable et de pétrole, jalonnant ce qu'on veut appeler le terrain, matérialisa surtout le danger inattendu que faisaient courir des arbres trop proches sur les branches desquels le Lysander paraissait se jeter. Je suis sûr d'avoir entendu, malgré le tonnerre du moteur, les jurons des pilotes mécontents des conditions d'un tel atterrissage. Ensuite tout est allé très vite.

Porte ouverte avant même l'arrêt, nous avons sauté au sol pour tomber dans les bras de quelques silhouettes imprécises qui nous ont tapé dans le dos et nous ont entraînés jusqu'à la lisière du bois. Là, ceux qui nous accueillaient nous ont accordé trois minutes pour vérifier que notre équipement était complet, assurer nos sacs sur le dos. "En avant et en silence", a dit une voix étouffée juste avant que nous n'entendions derrière nous le ronflement aigu de notre avion qui décollait. Quand le changement de régime du moteur indiqua qu'il avait atteint son altitude de croisière, nous étions déjà en marche, en colonne sur un sentier grimpant à travers un taillis dense. Je précédais Darneval que l'obscurité faisait buter sur tous les cailloux, et Huchon qui sacrait entre ses dents contre "ces bleus qui ne savent pas avancer sans phares".

En moins de dix minutes notre troupe a débouché sur une clairière aussi sombre que le sous-bois, où nos hôtes avaient si bien camouflé une vieille camionnette que je l'ai heurtée de plein fouet.

– Doucement, l'Angliche, a dit une voix amusée. Ne bousille pas notre matériel !

Un bref jet de torche électrique m'a aveuglé quelques instants, pendant qu'une autre voix, plus sérieuse celle-là, me questionnait :

– Etes-vous l'officier britannique qu'on nous envoie comme instructeur d'armement ?

– Je suis bien un Irlandais venu de son île, ai-je répondu ainsi que me l'avait fortement conseillé Thompson, le chef de mission, à Londres.

– Ces gens-là, m'avait-il seriné, sont particulièrement à cheval sur les mots de passe. On se demande pourquoi. Après tout, votre arrivée en avion devrait garantir votre origine. Méfiez-vous : un mot oublié ou imprévu et ils vous égorgent !

J'ai toujours su que le *captain* Thompson exagérait beaucoup. En tout cas, les Français de Vaillance ne m'ont ni égorgé ni fusillé. Un certain lieutenant Gautier s'est présenté et m'a serré la main, puis m'a demandé de monter dans la camionnette avec Darneval et Huchon, en nous ensevelissant sous un tas de fagots au fond de la caisse, pour la bonne forme.

– Ne vous inquiétez pas, a-t-il assuré. Le coin est tranquille. Dans moins d'une demi-heure nous serons au camp ; juste à temps pour le petit déjeuner. »

Peut-être la simplicité du récit d'O'Shaffy, qui paraissait si évidemment honnête, au point d'avouer ses angoisses de passager dans un avion perdu en pays étranger, réussissait-elle à rendre le personnage plus sympathique qu'il ne l'avait paru le matin, dans le bureau de Tournayre. En y réfléchissant, Combes admettait que les souvenirs de l'agent britannique, homme de sa génération, avaient dès le premier paragraphe la couleur et le ton de ceux des amis combattants qu'il avait lui-même connus et appréciés. L'instant d'après, il se permit un sourire sceptique : si le major tenait un rôle, nul doute que le rédacteur de ce récit de Résistance avait été choisi pour son talent à écrire vrai. Autrement dit, véridique ou apocryphe, cette histoire n'avait pour but que de crédibiliser les raisons invoquées par O'Shaffy. A ce point de son raisonnement, l'adjudant-chef se demanda si la lecture exhaustive de cet étrange compte rendu de mission allait lui apporter quelques détails utiles à l'identification du gibier. S'il en existait dans ces feuillets, le major connaissait déjà la solution. Fallait-il croire à ses vertueuses déclarations de confiance en la justice française ?

Le silence qui régnait à l'étage et l'obscurité qui gagnait peu à peu la fenêtre, piquée des lumières alignées des réverbères, créaient autour de Combes une atmosphère de recueillement studieux qui ne correspondait pas à son caractère. La chaleur vivante de sa petite maison de Villefranche lui manquait, comme le brouhaha entretenu par le pépiement de ses enfants et surtout la curiosité chatte de Claire. Claire insinuante, sucrée ou acidulée, drôle, caressante, fantasque et de gros bon sens. Sa Claire qui somnolait encore dans les limbes, sur un lit du centre hospitalier, à cinq cents mètres de là.

Joseph se leva d'un coup, pris de la brutale envie de descendre ses deux étages et de remonter la rue Combarel pour aller, une fois encore, vérifier que sa femme n'était pas revenue dans son monde. Un coup d'œil à sa montre, qui affirmait que l'heure des visites était passée depuis longtemps, l'arrêta sur le pas de sa porte, hésitant. Il n'avait pas envie de se replonger sur-le-champ dans l'épopée du maquis Vaillance. Plus tard, en attendant de trouver un sommeil qui le fuyait avec entêtement, il serait bien temps de lire ce récit d'aventures guerrières

Sagement, en adulte raisonnable, il décida de suivre en partie les consignes de Tournayre et d'aller reconnaître les lieux de débauche ruthénois. Ce soir, il se contenterait d'un restaurant honorable. Changé à la va-vite, quasi méconnaissable dans un complet bleu marine de clerc de notaire, il monta jusqu'à la place d'Armes, au pied de la cathédrale ; il choisit d'aller dîner au restaurant de l'hôtel du Plateau, peut-être parce qu'un souffle de conscience professionnelle lui avait rappelé que c'était là qu'habitait O'Shaffy et que cette coïncidence pourrait servir sa documentation. Plus vraisemblablement parce que les prix du menu affiché près de la porte étaient abordables et parce que la carte mentionnait des tripoux.

La grande salle feutrée, éclairée par des lustres de bois contourné garnis d'abat-jour épais, semblait flotter dans une atmosphère cossue de maison bourgeoise. Sur la vingtaine de tables dressées de nappes blanches, trois à peine étaient occupées par des dîneurs silencieux. Peut-être la journée écoulée les avait-elle à ce point fatigués qu'ils somnolaient en attendant l'arrivée de leur potage. A moins que la simple politesse ne fût la cause de l'indifférence avec laquelle ils ignorèrent l'arrivée de Combes. Seule, vêtue d'une stricte robe noire égayée de manchettes blanches et d'un tablier, une jeune fille au teint rougeaud et au regard vif manifesta d'un sourire qu'elle appréciait la venue d'un nouveau client.

– Il n'y a pas grand monde, ce soir, dit-elle. Vous pouvez choisir votre table.

Comme il restait debout, hésitant à troubler la paix funèbre du lieu, elle avança jusqu'à lui et, rosissant davantage de sa hardiesse, elle ajouta d'une voix discrète :

– Si vous avez rendez-vous pour dîner avec le monsieur anglais, je crois qu'il ne viendra pas aujourd'hui.

Sans doute l'étonnement qu'elle lut dans le coup d'œil brusquement attentif de ce petit homme plein de prestance troubla-t-il son assurance.

– Pourquoi croyez-vous que j'avais rendez-vous avec cet Anglais ?

Finalement, vu de près, ce beau garçon avait l'air plus âgé qu'elle ne l'avait supposé et son regard bleu direct semblait s'être vidé du charme qu'elle lui avait prêté. Sa voix était retenue, comme s'il était prêt à lui reprocher son indiscrétion. Elle bafouilla :

– Oh ! Je vous ai reconnu. Vous êtes le nouvel officier de gendarmerie. Je vous ai vu cet après-midi quand vous êtes venu demander à la réception le paquet que monsieur Auchaffi avait laissé pour vous. C'est pour ça que j'ai pensé que vous veniez dîner avec lui.

Amusé par cette vivacité, Combes sourit devant la mine intimidée de cette serveuse, aux cheveux noirs tirés comme ceux d'une pensionnaire de collège. Du coup, il reconquit tout le charme perdu. Elle remarqua même que les rides au coin des yeux et la coiffure en brosse courte lui donnaient une silhouette d'aventurier très séduisant. A peine entendit-elle la voix calmée lui répondre :

– Vous vous êtes trompée. Je ne suis pas officier mais seulement adjudant-chef de gendarmerie. Pour le reste, j'ai l'intention de dîner seul. Tenez, là-bas, à la petite table devant la fenêtre. Vous viendrez me raconter comment vous avez organisé la surveillance de vos clients dans cet établissement, et ce que vous avez découvert d'intéressant ! En attendant, commandez pour moi une assiette de tripoux, une salade et une demi-bouteille de cahors !

La tête chavirée, Marie Frayssou, serveuse au restaurant de l'hôtel du Plateau, s'envola vers les cuisines avec l'enthousiasme de ses dix-huit ans, ignorant superbement le haussement de sourcils des dîneurs somnolents des autres tables.

Une heure plus tard, un air de fausse nonchalance sur le visage, elle croisait encore au large de la table occupée par son héros, avec la persévérance d'un commandant de sous-marin guettant l'apparition dans son périscope du cuirassé à torpiller. Marie était une jeune personne inventive et sentimentale, prompte à construire des romans autour des inconnus de passage dans son hôtel. Ce gendarme, qui portait son complet bleu avec la même élégance qu'un uniforme, et dont le visage expressif et le regard direct affichaient expérience et intérêt, lui semblait un personnage de choix. Même si, à le regarder se servir et manier ses couverts, elle avait remarqué l'éclat d'une alliance à sa main gauche.

Les uns après les autres, les clients des autres tables avaient fini par quitter la salle à manger, excédés d'avoir dû claquer des doigts ou réclamer à voix haute pour obtenir le plateau de fromages — cantal et roquefort — et la crème brûlée à la vanille prévus au menu. Sur le carrelage de la grande pièce vide, les talons ferrés des chaussures noires de la serveuse sonnaient au rythme de ses hésitations.

Renversé sur le dossier de sa chaise, Combes ferma un instant les yeux. Ce repas pris en solitaire l'avait étrangement apaisé, comme si ses inquiétudes sur l'état de Claire cédaient enfin la place à l'optimisme du docteur du centre médical. Il se redressa, versa dans son verre le fond de la bouteille de cahors et appela de la main la jeune fille qui le guettait.

– Apportez-moi un café très fort, demanda-t-il. J'ai du travail à faire cette nuit.

Quand elle revint poser devant lui une tasse fumante et une soucoupe où tintait nerveusement une petite cuiller, il posa une main autoritaire sur le poignet de la robe noire. Marie Frayssou, toute à ses rêves, se sentait défaillir.

– Vous êtes sûrement quelqu'un d'observateur, dit le « jeune premier » de quarante-huit ans, qui ne semblait pas remarquer son trouble. Que pouvez-vous me dire sur l'homme qui a déposé un paquet à mon nom, le major anglais ?

Peut-être n'était-ce pas la question qu'attendait l'héroïne. Mais elle se consola sur-le-champ en se représentant qu'on lui parlait comme à quelqu'un de confiance. C'était au moins un début. Les mains jointes devant son tablier, elle leva les yeux vers le plafond sombre pour réfléchir.

Elle admit sans peine que ce monsieur Auchaffi était bizarre. A certaines heures, dans le salon de l'hôtel ou au restaurant, il donnait l'impression d'un mollasson frileux, qui parlait doucement avec beaucoup d'accent et ne regardait personne en face. A d'autres moments il se laissait aller à descendre du premier étage en sautant dans l'escalier. Marie ajouta qu'elle l'avait entendu téléphoner, du comptoir de la réception, dans un français impeccable, « pointu comme un Parisien ». Hier matin, elle était allée monter son petit déjeuner à ce client étrange. Elle l'avait trouvé en short et chemisette, « qu'on aurait dit un sportif », en train de faire de la gymnastique devant la fenêtre ouverte.

– Avez-vous remarqué quelque chose d'autre dans sa chambre ? Une carte, des papiers sur la table ?

Marie goûta particulièrement la chaleur des yeux bleus fixés sur son visage, ravie d'avoir su intéresser un homme tel que celui-là.

– Oh ! dit-elle légèrement, comme si elle avait dosé l'importance de ses confidences, j'ai vu une photo dans un cadre. J'ai même été obligée de le mettre sur la commode pour pouvoir poser mon plateau. C'est le monsieur qui a enlevé le pistolet et l'a mis dans un tiroir pour me faire de la place !

Combes était aux anges, mais son sourire était si carnassier que son interlocutrice y lut instantanément la joie du chasseur, oublieux de tout ce qui n'était pas son gibier. Tout de même, il lui tapota la main machinalement comme s'il avait flatté le cou du chien qui avait levé la trace.

– Formidable, exulta-t-il. Pouvez-vous me rendre encore un service ? Je voudrais que vous remontiez dans cette chambre. Maintenant. Le major est absent jusqu'à demain, vous ne risquez rien. Revenez me dire si le pistolet est toujours là. Je vous attends ici.

La jeune fille hésita, subitement consciente que son indiscrétion à l'égard d'un client et que la confiance accordée a priori au séduisant gendarme pouvaient lui coûter sa place. Sérieuse, elle scruta quelques secondes durant le visage excité levé vers elle, puis, sans un mot, elle fit demi-tour, s'enfuit vers la porte de la salle à manger et disparut dans le hall de réception. De sa table, Combes entendit les talons ferrés escalader les marches vers le premier étage.

« Peut-être, se dit-il, ai-je trop demandé à cette gamine. Elle s'est manifestement rendu compte que fouiller les tiroirs d'un client absent n'était pas du tout acceptable dans un hôtel bien tenu. Elle sera partie se coucher. »

A la réflexion, il s'accorda un quart d'heure de grâce et commença à siroter le fond de son verre de vin. De la porte du hall restée ouverte arrivait un murmure musical. Sans doute celui du poste radio du veilleur de nuit qui s'installait pour son service. Puis la musique fut couverte par une conversation animée. Quelques phrases échangées terminées par des pas pressés qui se dirigeaient vers la salle à manger.

La silhouette du capitaine Tournayre se matérialisa à la porte. Il paraissait essoufflé et furieux.

– Nom d'un chien, grogna-t-il, on me dit que vous êtes ici depuis deux heures en train de dîner ! Je vous cherche partout ! Il y a du nouveau !

Combes avait horreur d'être surpris en pleine réflexion, dans une attitude relâchée qui pouvait passer pour de l'inaction. Levé d'un bond, il s'avança rapidement jusqu'au capitaine, intérieurement furieux de se sentir au moins coupable de négligence. Il aurait dû prévenir le gendarme de permanence de son départ momentané.

Tournayre leva une main apaisante, amusé malgré lui de lire sur le visage de son adjudant-chef le mécontentement d'un garçonnet qui se croit réprimandé à tort.

– N'en parlons plus ! C'est moi-même qui vous ai exhorté à sortir en ville pour vous changer les idées. J'aurais dû deviner que vous étiez venu au Plateau pour glaner des renseignements sur notre fugueur. Qu'avez-vous appris de neuf ?

Son subordonné pencha la tête de côté pour regarder vers le hall et la naissance de l'escalier venant des étages, que lui cachait la corpulente silhouette du capitaine. Ressemblant plus que jamais à une pensionnaire dans sa robe noire, la jeune serveuse était figée sur la dernière marche. Ses joues encore enfantines étaient pâles, et son regard, fixé sur les deux hommes à l'entrée de la salle à manger, tremblait de peur.

– Alors ? demanda Combes d'une voix forte qui fit sursauter le veilleur de nuit derrière son comptoir. Avez-vous trouvé quelque chose ?

Marie Frayssou sursauta puis secoua la tête, l'air désolé. Elle avala sa salive, deux ou trois fois, à la recherche de sa voix gelée.

– Rien, finit-elle par chuchoter. Ni dans les tiroirs ni dans les valises qui étaient ouvertes et que j'ai fouillées.

Elle écarta les mains de sa robe, comme pour montrer qu'elles n'étaient pas responsables de son fiasco. Si pitoyable que Combes, malgré son excitation, prit le temps de la remercier d'un sourire qui se voulait rassurant.

– Crénom, s'impatienta Tournayre, allez-vous me dire ce que signifie cet échange de vues avec cette jeune personne ! Que devait-elle trouver, et où ?

– Elle est allée sur ma demande chercher dans la chambre de notre major le pistolet qu'elle y avait vu hier matin. Il semble qu'il n'y soit plus. O'Shaffy est parti se balader avec son arme dans sa poche.

Le capitaine se redressa comme s'il avait reçu un coup. L'air catastrophé, il hocha la tête douloureusement.

– Vous ne savez pas tout, dit-il avec gravité. J'avais demandé aux brigades d'Aubin et de Decazeville de tenter de repérer sur leur territoire la voiture louée dont vous m'avez communiqué le numéro. Après tout, notre oiseau devait être allé peaufiner ses recherches dans ce secteur.

– Aucun doute, interrompit Combes, impatient à son tour.

– Merci, ricana Tournayre. Girassol et ses patrouilles ont bien travaillé. Ils ont retrouvé le véhicule en question abandonné et vide sur le parking public de la mairie d'Aubin. Ils sont en train de visiter les hôtels, les bistrots et les restaurants du coin à la recherche d'un témoin qui aurait remarqué notre bonhomme. Avez-vous une idée de l'adresse où il aurait voulu se rendre ? Peut-être la lecture de ses documents vous a-t-elle éclairé ?

– Je n'en ai pas lu assez. Je comptais passer ma nuit dessus.

– Eh bien ! Allez-y. Au trot. Et tenez-moi au courant. De mon côté, je vous ferai prévenir dans votre chambre si Girassol trouve quelque chose.

– Prévenez-le qu'O'Shaffy est armé et peut-être dangereux !

Le capitaine sourit malgré lui, comme si quelque pensée comique venait de décrisper la situation.

– Je pense à la gueule que vont faire demain matin le jeune Gaillard et notre préfet quand je leur rendrai compte des développements de notre affaire ! J'espère que vous savoir lancé à la chasse au braconnier irlandais les apaisera un peu.

4

– Terminus. PC du groupement. Vous pouvez descendre !

Au pied du hayon de la camionnette, la voix du lieutenant Gautier vibrait d'une incontestable bonne humeur, teintée d'une emphase que ne justifiait pas le spectacle offert. Pommelé de quelques nuages roses, le ciel de ce 3 mai 1944 s'éclairait lentement, découvrant un cul-de-sac de jeunes arbres noyés dans les fougères. Quatre ou cinq gaillards en shorts kaki, torses nus, s'étaient précipités vers le véhicule et commençaient déjà à le cacher sous un amas de fagots et de bûches. Aucun d'entre eux n'avait fait mine d'accueillir les deux arrivants, O'Shaffy et Huchon.

Dix minutes plus tôt, à proximité d'une ferme de pierres sèches à peine entrevue dans la grisaille de l'aube commençante, le sous-lieutenant Darneval avait sauté à terre à l'appel de Gautier :

– C'est ici que vous vous arrêtez. Vous êtes attendu comme le messie, avait prévenu le chef de la corvée d'accueil. Le commandant passera vous voir en fin de matinée.

Darneval s'était éloigné comme un fantôme, sans même prendre congé de ses compagnons de vol, entièrement abandonné au scénario d'une aventure qu'il ne cherchait pas à comprendre.

O'Shaffy avait peu goûté le dernier kilomètre de piste, que le conducteur avait négocié avec inconscience, ignorant les virages serrés au ras d'une corniche, à main droite. A main gauche, pratiquement sous la ridelle, semblait attendre un précipice obscur, de ceux que les cartographes baptisent « pittoresque ».

– Quand vous aurez fait le chemin à pied et que vous aurez admiré les gorges du Dourdou, vous vous rendrez compte qu'il ne serait pas facile à des assaillants de nous déloger de la position qu'a choisie le commandant Roger.

La jubilation, dans la voix de Gautier, pouvait paraître de commande aux deux voyageurs venus de Londres. Silencieux, Huchon rassemblait son barda sans laisser voir de surprise. Un vieux soldat ne doit jamais être surpris. O'Shaffy, lui, mesurait l'écoulement trop rapide du temps. Quatre heures auparavant, il était à Milligates, en train de savourer le thé bouillant de l'équipe de permanence, dans la cahute de planches goudronnées qui lui semblait maintenant un temple de paix et de confort. Il avait du mal à se persuader qu'il était en France ; au front, en somme, comme le captain Thompson l'avait seriné durant tout le stage de préparation.

– Les maquis que vous allez rejoindre sont des unités militaires dont le moral, l'expérience et l'efficacité vous surprendront. Si vous êtes désarçonnés au premier abord, dites-vous que ces maquisards savent ce qu'ils font et intégrez-vous le plus rapidement possible.

Comment Thompson réagirait-il devant ce paysage tourmenté et boisé, à ces haltes insouciantes sur une piste hors du monde, à la bonne humeur paisible de ce lieutenant français juvénile, dont l'uniforme se résumait à un béret de laine, à une chemisette beige et à un pantalon de toile ?

– Beaucoup d'accrochages avec les Allemands ? demanda O'Shaffy.

Gautier éclata de rire en l'entraînant avec Huchon vers l'amorce d'un sentier, au fond du cul-de-sac.

– Venez. Le commandant souhaite vous recevoir au plus tôt. La corvée de camouflage de la camionnette se chargera d'apporter vos sacs à la ferme.

Il ajouta, par-dessus son épaule, sur le layon qui sinuait à travers un opaque rideau de feuillage :

– Ne posez pas votre question au commandant. Il est furieux d'avoir reçu l'ordre de rester en sommeil jusqu'au « grand soir » ! On lui recommande un entraînement intensif et une discrétion maximale !

– Tout de même, argumenta l'instructeur mandaté par Buckmaster, vous devez bien repérer quelques stationnements, noter la fréquence de quelques convois, non ?

– Je ne crois pas, répondit le lieutenant français d'une voix nettement plus froide, que le commandant Roger ait besoin de vos exhortations pour constituer ses dossiers d'objectifs. D'ailleurs, il ne doit pas se trouver cinquante Allemands entre notre position et la Kommandantur de Rodez. Rien qui soit une cible tentante. Pour le moment, à nous les crapahuts d'exercices, les embuscades à blanc et les alertes au bivouac.

Les trois hommes venaient de déboucher hors du rideau boisé qui leur cachait vers le sud le bout de route où ils avaient laissé la camionnette. Ils avançaient, lentement, sur un belvédère de rochers dénudés, dont les arêtes adoucies se dessinaient sur un ciel moutonneux, teinté de rose et de bleu tendre. De l'autre côté devait s'ouvrir un précipice de bout du monde. Pas à pas, la falaise attendue s'avéra n'être qu'un versant fort raide qui plongeait vers une vallée touffue, barrant d'est en ouest le fond du paysage, aussi encaissée et pittoresque que celle du Dourdou qu'ils avaient descendue en voiture en fin de nuit.

Comme un guide touristique présentant le clou de la visite, Gautier fit un grand geste du bras. Au bas de la pente, le soleil levant découvrait par étages entiers les strates d'un village ramassé, maisons de pierres rousses coiffées de lauzes grises. Elles semblaient agenouillées au pied d'un vaisseau rouge et noir couronné de hautes tours jumelles.

O'Shaffy ne manifesta aucune admiration pour le paysage. Les émotions ressenties pendant le voyage en Lysander n'avaient fait que confirmer ses certitudes ; il était en mission pour se battre. Et voilà qu'un garçon se disant officier, aux allures de boy-scout, lui expliquait avec enthousiasme qu'ils se trouvaient sur le site de Bancarel, au-dessus du bourg de Conques et de ses trois cent cinquante habitants.

– Je vous emmènerai un de ces jours visiter les merveilles du patelin, ajouta le boy-scout. Le trésor de Sainte-Foy, l'abbatiale romane commencée au XIe siècle, les restes du cloître et les gîtes d'étape recommandés à tous les pèlerins en route pour Compostelle.

Cette fois, le combattant venu d'au-delà de la mer se raidit dans un mépris tout britannique, oubliant qu'il était en complet-veston de tweed et non en uniforme.

– Je pense qu'il serait plus urgent pour moi d'aller me présenter à votre commandant, si toutefois son PC est bien installé à proximité de votre village-musée.

Gautier effaça d'un coup son sourire.

– Bien sûr. J'oubliais que vous avez passé une nuit angoissante et fatigante. Vous n'êtes pas venu jusqu'ici pour admirer de vieux cailloux. Suivez-moi tous les deux. Le PC du commandant est dans la ferme que vous voyez à cinquante mètres, entre les rochers, à droite.

Le ciel était dégagé et clair, la journée s'annonçait sans histoire. Mais, à l'évidence, le lieutenant O'Shaffy venait de perdre une occasion de se faire un ami.

Pour achever d'imprimer dans l'esprit de l'arrivant l'impression d'être reçu comme un gêneur, sitôt entré dans le corps du bâtiment de commandement par une porte pleine vermoulue qui débouchait dans une pièce monacale, il vit se lever devant Huchon et lui une parfaite gravure de mode militaire, bottines cirées, culotte de cheval mastic et bandes molletières en gabardine, vareuse d'uniforme kaki et visage sévère.

– Bienvenue à vous deux. Je suis le commandant Roger, se présenta le chef du maquis Vaillance.

Après quoi, détendu d'un coup et souriant, le maître des lieux tapa amicalement sur l'épaule du sergent-chef Huchon.

– J'ai grand plaisir à te retrouver, mon vieux compagnon. Nous ne nous sommes pas vus depuis juin 40, non ? Et te voilà sergent-chef, à ce qu'on m'a dit ! Tu as fait plus de chemin que moi !

– J'ai surtout eu de la veine, mon capit... Pardon, mon commandant.

– Ne t'en fais pas. Tu t'habitueras plus vite que moi à cette quatrième ficelle. Je suis content que tu reviennes sous mes ordres. Tu pourras me raconter tes aventures depuis notre dernier combat il y a quatre ans sur les bords de l'Oise !

A trois pas du duo si mal appareillé que formaient cet officier tiré à quatre épingles et ce rustre de Huchon, boudiné dans un complet ordinaire, le lieutenant britannique, visage figé par cet irrespect de la hiérarchie, se raidissait dans un garde-à-vous dédaigneux, le regard fixé sur une carte routière colorée punaisée sur le mur d'en face. La simplicité de l'ameublement qui se résumait à un lit de camp, déjà refermé, à une cantine, servant de table à en croire le bougeoir qui y avait transpiré son suif, et à un tabouret de bois, l'avait conforté dans l'idée que le maquis Vaillance n'était pas l'unité qu'on s'imaginait à Londres. En tout cas, ce n'était pas une unité digne de lui.

Le commandant Roger avait accompagné jusqu'à la porte le sous-officier du BCRA, après lui avoir indiqué ses fonctions à venir et le cantonnement qu'il devait rejoindre. Revenu d'une enjambée devant O'Shaffy, il mit beaucoup de grâce à tenter d'apaiser ce garçon si visiblement prêt à renâcler.

– Je vous en prie, lieutenant, détendez-vous. Vous verrez qu'ici nous ne vivons pas toujours selon le règlement. Et veuillez m'excuser d'être un grand sentimental. Ce brave Huchon était caporal en 40 dans ma compagnie et nous avons connu alors ensemble quelques terribles semaines. Qu'il ait réussi à s'extraire du piège où nous étions enfermés prouve qu'il était déjà un brillant combattant. Moi, je n'ai pu faire autrement que d'aller passer trois ans en oflag avant de m'évader. Maintenant, j'ai besoin de toute l'aide que peuvent m'apporter des garçons comme lui et comme tous nos volontaires. Et bien sûr de tout l'appui de nos amis britanniques. C'est vous dire à quel point je suis heureux de votre arrivée. Votre vol s'est-il bien passé ? Souhaitez-vous quelques heures de repos ou préférez-vous m'accompagner dans ma tournée des compagnies ? Vous pourriez ainsi faire la connaissance de nos cadres et de nos implantations.

En quelques phrases et quelques sourires, le commandant avait réussi à ouvrir une brèche dans l'hostilité de son nouvel adjoint technique. Sans encore le reconnaître tout à fait celui-ci s'avouait que son chef de maquis était d'une éducation et d'une distinction parfaites. Il subodorait même que ce nom de Roger n'était qu'un nom de guerre dissimulant quelque patronyme de famille bien née. Souriant à présent lui aussi, il détailla sans beaucoup de discrétion le visage aigu et bronzé de son nouveau chef. Le nez aquilin, le regard bleu direct, le front haut et dégagé par la coupe en brosse des cheveux blond cendré et les pommettes hautes donnaient à l'ensemble une touche aristocratique qu'apprivoisaient la largeur carrée du menton, marque d'un caractère décidé et entêté, et le demi-sourire permanent des lèvres pleines, signe d'aisance dans les contacts humains. La franchise que traduisait ce visage portait à la confiance. O'Shaffy admit instantanément que sa mauvaise humeur n'était due qu'à sa fatigue et à son dépaysement.

– J'aimerais autant vous suivre dès maintenant, dit-il. J'imagine que le travail ne manquera pas. Autant ne pas perdre de temps.

Roger apprécia d'un sourire en se redressant et acheva de conquérir l'estime du jeune homme :

– En tout cas, nous n'aurons pas de difficultés de compréhension. Vous parlez notre langue comme si vous aviez fait toutes vos études en France.

– Merci. J'ai en effet beaucoup vécu en France avec mon père. Je préférerais même m'appeler Guillaume que William.

Le commandant rit franchement :

– Souhait exaucé, vous voilà baptisé. En avant, lieutenant Guillaume. D'abord, casse-croûte à la cuisine, ensuite, tournée d'inspection des postes de compagnie. Nous serons rentrés pour midi, en principe. Vous aurez le temps de défaire votre sac et de vous installer dans la cellule d'à côté, où vous cohabiterez avec le lieutenant Gautier, qui vous a accueilli cette nuit. C'est le patron de notre section de commandement.

A midi et demi, comme prévu, Roger et Guillaume arrivaient en vue de l'esplanade de Bancarel. Cette fois, elle était au-dessus de leurs têtes. Essoufflés et appliqués à ne pas glisser sur les cailloux qui roulaient sur le sentier grimpant entre les dômes de rochers, ils remontaient du village de Conques ; le commandant avait tenu à présenter « son » Anglais au minuscule détachement qui servait d'yeux et d'oreilles au maquis dans la bourgade ; trois hommes du cru, frôlant la cinquantaine, solides et prudents, normalement intégrés au bourg. L'abbé Varjols, qui servait à Sainte-Foy, était chargé des potins locaux et des rapports d'ambiance ; Jules Levedou, le postier, avait des facilités de transport avec les véhicules de son administration ; Auguste Costes, couvert par son métier de cantonnier, assurait facilement les liaisons pédestres entre ses compagnons et la ferme PC.

– Nous avons là trois fidèles, avait précisé Roger, sur qui je compte beaucoup pour nous alerter sur tous les mouvements ennemis venant d'Aurillac. Avec nos trois cent cinquante hommes, nous n'avons pas assez d'effectifs pour installer une compagnie au nord de Conques.

O'Shaffy était assez impressionné par tout ce qu'il avait vu au cours de la matinée. Reprenant à rebours la piste suivie avec Gautier, ils avaient commencé leur tournée en rejoignant la ferme devant laquelle Darneval les avait quittés en fin de nuit. C'était le poste de commandement de la 1re compagnie, aux ordres d'un lieutenant Hervieux, colosse rougeaud et rieur qui semblait avoir réussi à requinquer son nouveau sous-lieutenant, ou du moins à lui faire oublier les nausées causées par son voyage aérien. Hervieux avait accueilli l'adjoint technique du patron avec simplicité, en lui proposant d'« en rouler une » de son tabac personnel, produit récolté en toute illégalité par un cultivateur ami demeurant près d'Embrousse et qui, de l'aveu même du commandant de la 1re compagnie, « râpait un peu le gosier ». Roger ayant refusé de sacrifier une deuxième fois à la cérémonie du casse-croûte, les quatre officiers avaient dangereusement dévalé la pente qui menait au Dourdou, qu'ils avaient sauté presque sans s'en apercevoir, puis remontant vers l'ouest à travers bois, étaient arrivés sur les bivouacs des deux sections installées de part et d'autre d'une nouvelle esplanade rocheuse. Pour la première fois depuis son arrivée, le lieutenant Guillaume avait eu l'occasion de voir ces maquisards du rang qu'il était venu aider. Des tout jeunes gens sans signe distinctif particulier, de toutes tailles et visiblement de toutes origines mais qu'uniformisaient l'allure sportive, la netteté du regard et le sourire confiant qu'ils adressaient au commandant et à Hervieux. Ils étaient là peut-être une cinquantaine, torse nu, manipulant ce qui avait semblé de vieilles pétoires à l'homme de Londres. Sous les arbres, des guitounes de fortune, camouflées de feuillages frais coupés, racontaient mieux qu'un long discours dans quelles conditions de confort ces garçons se préparaient à se battre.

– L'autre moitié des sections est partie à l'aube en observation sur les routes venant de Decazeville, rendit compte Hervieux en bourrant sa pipe. Je n'ai pas envie que nos petits copains de là-bas viennent foutre la pagaille dans mon secteur.

– Oui, c'est prudent, acquiesça Roger. Mais ne vous trompez pas d'adversaires. Nous sommes là pour casser de l'Allemand, comme nos amis FTP.

O'Shaffy n'avait pas voulu relever cette affirmation mais s'était promis de demander au commandant des précisions sur l'existence proche de cette autre organisation dont se méfiait le patron de la 1re compagnie. Il en avait eu tout le temps au cours de l'heure qui avait suivi. Hervieux et Darneval laissés à la visite détaillée des installations de leur personnel, Roger et O'Shaffy, précédés de deux éclaireurs discrets et visiblement attentifs, avaient cette fois mis cap à l'est, replongeant au fond des gorges du Dourdou dont ils avaient remonté le cours sur près de deux kilomètres avant de pouvoir prendre pied sur l'autre rive. Le commandant ne s'était pas montré avare d'explications sur le dispositif du « bataillon » Vaillance, triangle dont les deux compagnies de combat occupaient les deux angles sud et le PC l'angle nord au-dessus de Conques. Il avait été à peine moins loquace concernant le caractère, le moral et le comportement des principaux gradés sous ses ordres :

– Je tiens à ce que vous soyez au courant de tout ce qui se passe dans l'unité, avait-il affirmé. C'est le terme même de notre accord avec Buckmaster. Vous verrez vite qu'Hervieux, officier de carrière, est un remarquable meneur d'hommes, solide, enjoué et impatient d'en découdre. Bartissol, le commandant de la 2e compagnie que nous allons voir tout à l'heure, au sud du hameau de Montignac, n'est pas un militaire professionnel mais un réserviste que le camouflet subi en 40 a jeté dans la Résistance. Si je l'écoutais, je tiendrais les ordres reçus pour des nèfles et nous irions musique en tête attaquer la Kommandantur de Rodez. C'est un peu prématuré. En tout cas, ses sections s'entraînent comme des sauvages. Je pense que le personnage vous plaira. Je crois que vous êtes aussi partisan que lui de l'action directe, à ce qu'a cru comprendre Gautier ?

– Je ne doute pas du moral de Gautier, avait avancé prudemment O'Shaffy, mais j'avoue avoir été surpris par son style juvénile et son enthousiasme d'esthète me présentant l'histoire de votre village PC.

Roger avait salué cet euphémisme d'un éclat de rire, avant de remarquer sérieusement :

– Voyez-vous, il n'y a pas de mal à se montrer amoureux de ce qu'on a décidé de défendre au péril de sa vie. Gautier a choisi Conques et son abbatiale. Nous avons tous un petit jardin secret pour la sauvegarde duquel nous irions au bout de nous-mêmes. N'est-ce pas votre cas ?

Le lieutenant « Guillaume » avait éludé en faisant mine de souffler au milieu d'un raidillon couvert de repousses de châtaigniers. Il ne s'était pas senti encore assez en confiance pour avouer que son engagement dans cette forme de guerre avait un but parfaitement égoïste : apprendre à connaître ses réactions dans une situation d'urgence dont il serait seul responsable ; sa jeunesse aux basques d'un père aventurier qui décidait de tout l'avait privé de toute possibilité d'un choix personnel. Un instant, en écoutant le commandant, il avait failli admettre qu'il aimerait peut-être, lui aussi, se trouver un pôle d'amarrage à défendre.

C'est dans cet état d'esprit qu'il avait été présenté au capitaine Bartissol, personnage aux yeux ardents et à la moustache aveyronnaise, dont les yeux madrés l'avaient évalué sans discrétion. Propre à déclencher un début de bronchite, le gros rouge du pays offert avec insistance par le chef de la 2e compagnie « pour se rafraîchir » ne l'avait pas disposé aux épanchements.

C'était maintenant, en remontant de Conques sur Bancarel, rapide survol du maquis Vaillance terminé après un crapahut éprouvant d'une dizaine de kilomètres, qu'il se rappelait l'existence de ces rivaux en résistance mentionnés par Hervieux. Autant qu'il se souvînt des directives du captain Thompson, rien n'indiquait qu'il dût prendre contact avec ceux que Roger avait appelés des FTP.

– Francs-tireurs et partisans, explicita le commandant sans raccourcir le pas. Bien sûr, leur recrutement est différent du nôtre ; plus populaire, plus politisé. Adeptes du résultat immédiat, parfois au mépris des réactions allemandes. Ils jalousent un peu nos possibilités de ravitaillement en armes et munitions venues d'Angleterre, mais nous pouvons nettement apprécier la force de leur implantation dans le bassin minier de Decazeville. Ils sauront évidemment que vous êtes arrivé chez nous et je suis certain qu'ils chercheront à vous contacter et à vous convaincre de les faire participer à vos parachutages.

– Que dois-je faire ?

– *No comment !* soupira Roger en levant la main. Londres et vous serez les seuls juges des suites à donner. N'oubliez pas que Vaillance a priorité dans votre générosité. Et suivez mon conseil : soyez prudent.

5

Etait-ce l'intérêt que la possession d'une arme par O'Shaffy avait fait naître dans son esprit, la satisfaction née d'un repas que Claire aurait certainement jugé trop lourd et trop arrosé, la complicité naïve de la petite bonne de l'hôtel ou, plus vraisemblablement, la lecture appliquée des quatre ou cinq feuillets que le major avait consacrés aux souvenirs de son arrivée au maquis ? Combes avait connu une fin de nuit meublée de rêves extrêmement précis qui avaient ajouté de la chair au squelette d'histoire transcrit par l'auteur. A peine esquissés, les portraits des personnages s'étaient chargés de couleurs, les répliques tout juste notées étaient devenues des phrases révélatrices des caractères et des émotions. Il en était arrivé à s'imaginer entendre résonner dans les gorges du Dourdou une série d'explosions sourdes et s'attendait à entendre le commandant

Roger donner des ordres pour interdire l'accès de Conques à une patrouille ennemie. Le vacarme ou l'imminence de l'alerte lui firent ouvrir les yeux.

Les murs nus de sa chambre au deuxième étage de l'immeuble de la gendarmerie, bien loin des rochers gris et des buissons verts de Bancarel, lui firent d'abord l'effet d'un monde inconnu. Il lui fallut une longue minute pour comprendre qu'il était allongé dans son lit et pour s'apercevoir qu'il s'était endormi sans éteindre sa lampe de chevet, en éparpillant les pièces du dossier de mission confié par O'Shaffy. A en croire la lumière qui inondait sa fenêtre, il avait nettement dépassé l'heure du réveil réglementaire. Il se releva avec effort sur son oreiller et, sans transition, commença à organiser sa journée. Pour débuter, il irait voir Claire à l'hôpital. Il tenait par-dessus tout à être auprès d'elle quand elle sortirait enfin de son inconscience. Il fallait qu'il l'accueille à son retour chez les vivants, qu'il la rassure, la berce, lui redonne du courage, l'aide à oublier l'épreuve qu'elle venait de subir.

Il souriait béatement quand le bruit des coups de feu et des explosions, qu'il avait situés dans le secteur tenu par la compagnie

Hervieux, redoubla de vivacité derrière la porte de sa chambre, accompagné d'appels presque angoissés :

– Mon adjudant-chef ? Adjudant-chef Combes !

Seigneur ! Quand donc lui laisserait-on le temps de rêver tranquillement ?

– Oui ! Qu'y a-t-il ?

– Le capitaine vous demande d'urgence à son bureau.

– Compris. Dites-lui que je serai en bas dans dix minutes.

Tournayre n'avait donné aucune explication à l'agitation qui régnait dans les couloirs du rez-de-chaussée. Il n'avait même pas pris la peine d'écouter les excuses embarrassées de Combes. Il l'avait vivement tiré par le coude pour l'emmener jusqu'à la Jeep dont le moteur ronflait déjà devant le perron. Dans la cour, une demi-douzaine de gendarmes en tenue de combat vert olive chargeaient, dans les caisses des deux camionnettes de la compagnie, du matériel que l'ancien chef de brigade de Villefranche identifia comme étant un poste radio, un dérouleur de câble téléphonique et un carton de fioles servant aux constatations anthropométriques.

– Embarquez, bon sang, s'impatienta le capitaine, déjà perché sur son siège.

Combes se hissa en silence jusqu'à la banquette arrière. Ce qu'il venait de voir était assez clair. La gendarmerie avait été prévenue de la découverte d'un ou de plusieurs cadavres, et l'équipe aveyronnaise de spécialistes ès criminologie allait montrer son savoir-faire sur le terrain. Qu'il fasse partie lui aussi de l'expédition n'avait qu'une seule explication : le crime devait avoir quelque rapport avec la seule affaire qu'on lui avait confiée. O'Shaffy avait fait des siennes ! Combes se pencha sur le dossier du siège avant, prêt à sortir le capitaine de son humeur manifestement explosive.

– Au moins, cria-t-il à l'oreille de son chef, cette fois-ci nous n'aurons pas à nous creuser la cervelle pour savoir qui est le coupable. Je vous avais dit que cet animal d'Anglais voulait se faire justice sans l'aide de personne !

Tournayre tourna la tête vers son subordonné sans cesser de se cramponner au montant du pare-brise. Discret par éducation et obéissant aux ordres reçus, le gendarme Lapalud, responsable de la conduite du véhicule, fonçait vers la place de la mairie d'Aubin, encore à plus de trente kilomètres devant lui, sans se soucier de la conversation de ses supérieurs plus que des virages ou des cahots de la route. A regarder le visage de son capitaine, à bout portant ou presque, l'adjudant-chef, notant le képi enfoncé jusqu'aux sourcils, le menton relevé, la lourde moustache retroussée, et les épaisses paupières à demi tombées, sur des yeux fixes et vaguement méprisants, crut saisir la seconde de la naissance d'un cyclone. La première manifestation en fut une cascade de ricanements caverneux et amers, sitôt suivis par une horrifique succession de jurons et d'insultes, traduisant avec exactitude ce qu'on pouvait penser de la finesse d'odorat de Combes, de l'exactitude de son analyse en particulier, de l'esprit revanchard d'O'Shaffy et de l'amitié franco-britannique en général.

– Espèce de crétin, gronda un Tournayre écumant, « votre » Anglais n'a attaqué personne. Il ne tournait pas rond, c'est tout. Résultat : il s'est suicidé au petit matin dans sa voiture de location. Girassol m'a téléphoné il y a une demi-heure ! J'imagine que la réaction du préfet sera de nous jeter tous les deux en cabane ! Pensez ! Un agitateur censé être surveillé s'avère être armé, échappe à la surveillance et va se tuer sur la place publique. Espérons que Girassol a su traiter sa trouvaille avec discrétion.

Ils purent constater une grande demi-heure plus tard, quand le convoi formé de la Jeep et des deux camionnettes de Rodez pénétra sur le parking de la mairie d'Aubin, que le maréchal des logis-chef Girassol, patron de la brigade de gendarmerie locale, n'avait pu faire un miracle. Il était planté, à côté d'une berlinette aux portières frappées du mot AVIS peint en rouge, au centre d'un périmètre d'une vingtaine de mètres de diamètre, dont les gendarmes défendaient avec bonhomie l'intégrité contre une quarantaine de badauds. Du perron de la mairie proche, un petit groupe de civils qui avaient sans doute des raisons plus officielles d'être là, fit mouvement vers la Jeep lorsqu'elle s'arrêta à côté de Girassol.

Tournayre avait retrouvé son calme. Il barra la route aux civils d'un bras apaisant, assortissant d'un sourire une promesse d'aller rendre compte au maire de ce qui s'était passé dès que ses spécialistes auraient procédé aux « constatations d'usage ».

Après une rapide poignée de main, Combes avait déjà entrepris son collègue.

– Comment l'as-tu trouvé ? A quelle heure ? Quelqu'un a-t-il ouvert la portière pour toucher le mort ? De quoi est-il mort ?

Asséché par vingt-cinq ans de services besogneux, une vie familiale décevante et une santé qui le portait aux régimes et aux privations, le chef Girassol n'était pas d'humeur, après une nuit blanche, à se laisser bousculer, fût-ce par la vedette départementale des enquêtes sur homicides.

– Inutile de me faire votre cinéma, mon adjudant-chef. Hier soir à vingt heures, nous avons trouvé ici le véhicule de votre fuyard. Il était vide et les portières étaient fermées à clef. Le capitaine ne m'a pas fait de cadeau en me demandant de visiter tous les hôtels et toutes les gargotes de la ville avec mes cinq bonshommes. D'accord, j'aurais dû laisser l'un d'entre eux en surveillance auprès de cette charrette. Je ne l'ai pas fait. En tout cas, ce matin vers sept heures et demie, en arrivant au ralliement fixé, nous avons tous constaté que la voiture était occupée par un individu qui semblait correspondre au signalement fourni par le capitaine. La porte ouverte, j'ai pu remarquer que le gars était mort, apparemment d'un coup de feu à la tempe droite.

D'ailleurs, il tenait encore son arme dans le poing, posé sur le siège du passager. Je me suis permis de fouiller sa poche intérieure, où j'ai trouvé un passeport confirmant son identité. Du coup, continua Girassol du ton vexé et pointu d'un soupirant s'attendant à être éconduit, me doutant que l'affaire était trop importante pour un malheureux chef de brigade comme moi, j'ai refermé la portière, rendu compte au capitaine par le téléphone de la mairie et pris les mesures nécessaires pour isoler le véhicule.

– En somme, constata la voix de Tournayre qui ne semblait pas avoir apprécié le ton désagréable de son subordonné, vous êtes incapable de nous dire quand, depuis hier soir vingt heures, l'occupant de ce corbillard de location est revenu se mettre au chaud, s'il était seul et s'il s'est tué après une dispute ou simplement après un cauchemar ? Il faudra m'expliquer pourquoi vous n'avez pas posté un planton auprès de cette voiture depuis hier soir. En attendant que j'aille vous voir en fin de matinée à votre bureau, allez donc mettre votre rapport par écrit. Et emmenez vos hommes, à moins que l'un d'entre eux n'ait découvert un témoin ?

Girassol ne réussit pas à gommer toute sa rancœur du salut réglementaire qu'il fit claquer sur le pavé du parking ; le départ silencieux de ses gendarmes ressemblait au retour au vestiaire d'une équipe battue.

– Messieurs, dit le capitaine à l'équipe venue de Rodez, au travail. Photographies, empreintes, arme, douilles, vêtements du mort. Combes, mettez-vous à cogiter sérieusement !

Les spécialistes, trop habitués à être éloignés des premières constatations, en concevaient un dépit hargneux, professant que « les amateurs des brigades se privent par incompétence de preuves évidentes qu'ils n'arrivent plus à retrouver malgré des semaines d'enquête ». Cette fois, autour du macabre paquet-cadeau qu'on leur abandonnait, ils avaient le sourire aux lèvres en commençant à déployer leur matériel.

Tournayre, qui ne savait comment calmer son impatience, repartit vers la mairie, décidé à questionner le concierge jusqu'à ce qu'il reconnaisse avoir été témoin des allées et venues de leur suicidé. Mission sans espoir, car le concierge, ancien syndicaliste de la mine, avait de mauvais souvenirs de ses rencontres avec la gendarmerie au cours des luttes sociales récentes et n'était pas disposé à inventer une histoire qui plaise à un porteur de képi.

L'adjudant-chef Combes, humblement, entreprit de convaincre le technicien ès empreintes digitales de le laisser pénétrer à l'intérieur de la voiture mortuaire. Abreuvé de conseils comme s'il avait été un débutant incapable de précautions, il finit pourtant par se glisser sur le siège du passager. Assis en biais sur une fesse, le poing du cadavre serré sur son arme quasiment contre sa cuisse, il se pencha vers le visage du mort.

Il ne pouvait y avoir aucun doute sur l'identité de celui-ci. Le nez pointu entre les sourcils broussailleux, la texture de la peau ténue comme celle d'une cicatrice de brûlure appartenaient indéniablement au personnage qui s'était présenté à Rodez sous le nom d'O'Shaffy. Les cheveux à peine dérangés exhalaient le même mauvais parfum de brillantine, et la main gauche accrochée au volant offrait, au bout des doigts, les mêmes traces boursouflées de tortures. Après le coup de feu, la tête avait basculé vers l'arrière sur le dossier du siège. Levé comme une falaise, le menton mal rasé découvrait une gorge à peine dégagée d'une écharpe inutile. Le major, malgré son goût pour les travestissements, avait sans doute eu les bronches fragiles.

Ce spectacle, détaillé à quelques centimètres, avait une telle charge d'inutilité tragique que Combes se sentait incapable d'ordonner des réflexions professionnelles. A peine arrivait-il à se convaincre qu'il était enfermé dans cette voiture auprès de celui qui avait été vingt-quatre ans auparavant un jeune combattant idéaliste ; il avait cru découvrir le caractère et les envies de ce garçon la nuit dernière. Pourquoi diable s'était-il suicidé ? Quelle désespérante chasse avait-il menée qui ait pu se conclure sur un tel constat d'échec ?

Dehors, le gendarme chargé de relever les empreintes tapa à la vitre puis ouvrit la porte dans le dos de Combes.

– C'est quand même bizarre, dit-il. Il n'y a pas une seule empreinte à l'extérieur de cette carrosserie. Comme si elle avait été lavée et essuyée à la peau de chamois ! Votre client avait-il des gants ?

– Je pense qu'il en avait, mais apparemment il ne les portait pas ! Vous les chercherez dans le coffre ou la boîte à cartes. Il est sorti à pied en ville et il n'a pas fait chaud, la nuit dernière.

L'autre hocha la tête.

– Je peux travailler à l'intérieur, maintenant ?

– D'accord, et vous chercherez tout particulièrement la balle qui a fait ce trou bien net au bas de cette tempe droite et qui est ressortie au-dessus de l'oreille gauche. Elle devrait s'être logée dans le montant de la porte du conducteur, mais je ne l'ai pas vue. Elle n'a cassé aucune vitre. Elle doit donc être tombée sur le tapis de sol.

Pendant que l'adjudant-chef s'extirpait en marche arrière de l'habitacle, le spécialiste siffla doucement, admiratif :

– On peut dire que vous y voyez clair. Et vite ! Moi qui pensais que vous étiez en train de regarder le macchabée dans le blanc des yeux !

Combes préféra couper court à cette familiarité naissante.

– Quand vous serez dedans, dit-il froidement, regardez donc son visage, vous aussi. Il a les yeux grands ouverts et ne tournera pas la tête. En sortant, vous me direz si vous avez jamais remarqué une telle fureur dans le regard d'un suicidé. Moi pas.

Peu à peu le ciel s'était couvert de nuages légers, dont l'accumulation portait à la mélancolie. Lassé du trop calme spectacle offert par les gendarmes de Rodez qui vaquaient, autour de la petite voiture Avis, à des occupations d'où le pittoresque et l'imprévu étaient totalement absents, l'attroupement s'était lentement résorbé. Les commères parties en courses avec leur couffin avaient décroché les premières, persuadées qu'elles en apprendraient davantage sur ce fait divers au cours des queues chez les commerçants. Les hommes d'âge mûr, qui ne s'étaient arrêtés que par curiosité, sentiment naturel dans une ville où les porteurs d'uniforme n'étaient pas en odeur de sainteté par suite d'un long antagonisme de classe, étaient repartis vers leur travail. Restait encore une vingtaine d'entêtés, quelques vieux mineurs à la retraite qui passaient là leur temps de promenade matinale quotidienne, secoués par les quintes de leur silicose, et quelques gamins apathiques qui avaient oublié l'heure de l'école.

Lorsque Combes se dirigea vers eux, franchissant le ruban de couleur qui délimitait la zone de recherches autour du véhicule d'O'Shaffy, ils l'accueillirent par un silence chargé d'animosité. Subitement, il prit conscience du si long chemin, fait en si peu de jours, depuis son fief de Villefranche-de-Rouergue. A trente kilomètres de là, un même rassemblement, malgré la réserve campagnarde des caractères, aurait été bruissant de questions, d'exclamations et de réflexions gaillardes. Ici, personne ne semblait même voir ce petit homme en képi qui se campait devant eux.

– Quelqu'un d'entre vous habite-t-il dans le quartier ? demanda-t-il.

Parce qu'il avait prononcé sa question avec un soupçon d'accent qui rappelait la province, ils tournèrent la tête vers lui, les plus animés se contentant d'un signe de tête négatif.

– Personne n'a entendu un coup de feu vers trois ou cinq heures du matin ?

Cette fois la dénégation se hissa jusqu'à un niveau sonore infinitésimal, déchiré par la toux sèche d'un vieux plié sur une canne :

– Dis, petit, Aubin c'est pas le Farouest. On se réveille pas la nuit à coups de pétoire !

La petite foule manifesta un semblant d'amusement dont Combes se réjouit comme s'il avait réussi lui-même à dégeler ces statues. Il se sentait de taille à amadouer davantage ces sourds-muets-aveugles quand l'arrivée du capitaine, qui redescendait de la mairie, redonna au groupe des spectateurs sa force d'inertie première. D'ailleurs, pour mieux marquer qu'ils ne s'intéressaient en rien à ce qui semblait passionner les gendarmes, ils s'éparpillèrent en quelques secondes vers la rue de la République et la rue Mazars.

– Avez-vous découvert quelques précisions sur le suicide de notre client ? Ce damné concierge prétend être sourd comme un pot et dormir jusqu'à huit heures du matin régulièrement. Il a même osé se plaindre d'avoir été réveillé par le tapage fait par Girassol réclamant un téléphone !

Le ton de Tournayre traduisait un profond abattement. L'issue inattendue de l'expédition du visiteur britannique allait certainement entraîner pour lui quelques algarades avec la hiérarchie. Combes, qui avait commencé à se faire une opinion sur l'affaire, se demanda s'il était bien utile de se battre pour le simple plaisir d'avoir raison. Après tout, après quelques jours, voire quelques semaines de disputes qui ne dépasseraient pas le stade des chancelleries, le cas O'Shaffy serait classé aux oubliettes.

Malgré tout, depuis qu'il s'était imprégné du récit fait par le jeune officier britannique de sa prise de contact avec le maquis Vaillance, il se sentait coupable d'avoir douté de la franchise de l'homme mûr revenu dans l'Aveyron pour démasquer ceux qui l'avaient trahi. Il s'en voulait surtout d'avoir douté de son courage et de l'avoir accusé de chercher à se camoufler derrière le bouclier des gendarmes. Il ne doutait plus d'avoir autant que Tournayre mal apprécié les risques pourtant annoncés par O'Shaffy. La simple honnêteté envers le mort exigeait qu'il fît au moins amende honorable.

– Mon capitaine, dit-il en levant les yeux sur la lourde silhouette arrêtée devant lui, je crois que nous sommes en train de courir aux conclusions que quelqu'un a voulu nous imposer. Sans beaucoup de finesse au demeurant, ce qui n'est pas flatteur pour nos capacités. Un cadavre seul dans sa voiture, avec une blessure par balle en travers du crâne, serrant dans sa main l'arme qui a très certainement tiré cette balle, il n'en faut pas plus pour penser au suicide, évidemment.

– Pas pour vous ?

– Je crois me souvenir que notre visiteur d'avant-hier nous avait paru si remonté qu'il nous avait menacé de continuer seul son enquête et qu'il craignait seulement d'être tué par ceux qu'il recherchait. Ce n'était pas l'état d'esprit de quelqu'un qui va se supprimer le lendemain soir.

– N'empêche qu'il est là, tout seul avec son pistolet et son trou dans la tête. Et que nous n'avons aucune preuve d'une action extérieure !

– Je crains que nous n'en ayons plusieurs, mon capitaine.

Tournayre s'était redressé à mesure que les précautions oratoires de l'adjudant-chef laissaient entendre une autre explication, prompt à se lancer sur cette autre piste, les sourcils levés, sans encore calculer les conséquences des propositions de Combes sur ses rapports futurs avec l'autorité préfectorale.

– Alors, dit-il d'une voix au tonus retrouvé, allez-y. Enoncez-moi des preuves !

Combes ne répondit rien avant d'avoir pénétré à nouveau dans la zone livrée aux techniciens toujours affairés autour du véhicule. Il tapa du doigt à la vitre côté conducteur et fit sortir d'un signe le préposé aux empreintes qui avait une demi-heure plus tôt admiré son coup d'œil.

– Trouvé quelque chose ?

– C'est renversant, mon adjudant-chef. Pas la moindre empreinte. Pas plus sur le tableau de bord que sur le volant, sous les doigts du mort. Pas trace non plus du chiffon qui les aurait essuyées si le client avait voulu faire le ménage avant de se faire sauter le caisson.

– Et la balle ?

– Difficile de me mettre à plat ventre pour la chercher sous le siège tant qu'il n'a pas été enlevé, mais en tout cas aucune marque d'impact là où elle aurait dû frapper le haut de la fenêtre ou le toit, d'après la trajectoire.

– Merci ! Je pense, dit Combes en se retournant vers le capitaine, dont il avait senti l'impatience derrière son épaule, que le mieux à faire maintenant est d'envoyer monsieur O'Shaffy au médecin légiste pour autopsie et d'entamer une enquête approfondie sur les causes et les coupables de son assassinat.

6

Au retour à Rodez, après ce raid enrichissant sur Aubin, le capitaine Tournayre, qui ruminait sans doute les termes de son difficile compte rendu au préfet, avait lâché la bride à son limier sans lui donner beaucoup de consignes.

– Combes, mon vieux, fouillez dans le passé de ce *British* de malheur, mais trouvez-moi une bonne raison pour qu'on l'ait assassiné. Je vous laisse vingt-quatre heures. D'ici là j'aurai réussi à réveiller notre lambin de légiste qui confirmera ou non votre théorie. Rompez.

Après trente-cinq kilomètres de silence, une telle concision de la part de son chef montrait à la fois sa confiance et l'urgence qu'il reconnaissait à l'affaire. L'adjudant-chef n'était pas loin de le plaindre. Il commençait à trouver confortable sa position personnelle d'enquêteur haut-le-pied, disposant des moyens de toute la gendarmerie du département pour vérifier le bien-fondé de ses hypothèses sans sentir le poids des responsabilités. Le rêve. L'imagination au pouvoir !

En descendant de la Jeep de Lapalud, Combes n'hésita pas une seconde sur la légitimité de sa première démarche. Il savait d'instinct que son flair et son imagination créatrice étaient tributaires de l'état de sa femme. Il devait la savoir réveillée de son obscurité mentale. Sans remarquer que le temps s'était suffisamment gâté pour couvrir l'avenue Victor-Hugo d'un énorme nuage gris menaçant, il se lança à l'abordage du plateau de la cathédrale, comme s'il voulait effacer le retard pris sur l'horaire habituel de sa visite à Claire.

– Ce matin, dit l'infirmière, elle a enfin montré quelque intérêt pour le décor de sa chambre et le contenu du plateau de son déjeuner. Elle avait presque de l'appétit. Comme sa blessure au crâne est quasiment cicatrisée, je suis certaine qu'elle va vous reconnaître d'un jour à l'autre.

Du seuil de la porte, ouverte sur l'étroite chambre ripolinée dont la fenêtre était masquée par un store de plastique, la forme allongée sur le lit paraissait tout à fait paisible. Sa respiration était calme et régulière.

Les paupières aux longs cils ne frémissaient pas comme les jours précédents. Sans doute les nerfs drogués de la blessée se débarrassaient-ils peu à peu de leur poison. Debout dans l'embrasure, retenu par le bras tendu de l'infirmière, Joseph Combes contemplait comme une icône le visage amaigri mais reposé de sa Claire endormie, sans retenir un sourire de béatitude.

– Allons ! brusqua l'infirmière, nous n'allons pas nous mettre à renifler comme des midinettes. Allez gentiment à vos affaires et revenez demain. D'ici là votre femme est en bonnes mains.

Combes fit demi-tour à contrecœur et jeta à la jeune femme en coiffe et blouse blanches un regard faussement courroucé.

– N'oubliez pas, mademoiselle, que j'ai tué la précédente infirmière de ma femme parce qu'elle lui manquait d'égards !

Malgré lui, sa voix vibrait de la joie de vivre que la vue de Claire endormie faisait toujours naître en lui. En tout cas la menace ne parut pas impressionner sa destinatrice. Quoique discrètement, les détails sur l'échauffourée qui avait amené la femme du chef de brigade de Villefranche à l'hôpital avaient couru les couloirs de l'établissement. L'infirmière se contenta de renvoyer à ce mari émouvant un regard sérieux :

– Pas de quoi vous vanter, monsieur Combes. Ce n'est pas ce que vous avez fait de mieux !

Il fallait bien admettre que le rapprochement, même provisoire et bref, entre les deux pôles de la famille faisait jaillir une étincelle. Totalement à court d'idées en arrivant au centre médical, Combes, en redescendant de la chambre où il n'avait qu'à peine aperçu sa source d'énergie, s'était construit un programme de rencontres et de questions à occuper trois enquêteurs.

La chance étant aussi de la partie, le coup de téléphone qu'il donna en revenant de la gendarmerie trouva par extraordinaire une correspondante à la permanence de l'amicale des Anciens Combattants de la Résistance. Cette madame Kalmann — avec un *k* et deux *n*, précisa-t-elle — se réclama d'un passé personnel de résistante active pour proposer à son interlocuteur inconnu un rendez-vous qui lui permettrait de connaître tous les détails de l'épopée qu'elle avait vécue un quart de siècle auparavant. Combes n'en demandait pas tant. Il souhaitait seulement, affirma-t-il avec une nuance de regret, savoir si quelques anciens du maquis Vaillance étaient membres de l'amicale. Quoique déçue, madame Kalmann admit qu'en effet l'association dont elle était secrétaire comptait deux ou trois cadres de cette glorieuse phalange. Dix minutes plus tard, elle cita le nom de Gautier et celui du capitaine Hervieux, dont elle voulut bien communiquer les adresses et les numéros de téléphone. Le premier habitait Conques, où il tenait un commerce de librairie. Le second, invalide depuis la campagne des Vosges, s'était retiré dans une propriété de famille du côté d'Espalion. L'adjudant-chef remercia chaudement sa correspondante, à laquelle il se crut obligé de promettre un nouveau contact au moins téléphonique, et se précipita sur une carte du département.

L'impatience du capitaine Tournayre le contraignait à aller vite. Conques était indéniablement plus proche du théâtre des activités du sieur O'Shaffy, en 44 et depuis quelques jours. Il appela donc monsieur Gautier qui devait avoir des souvenirs assez nets de son camarade de chambre britannique. Il fut facilement convenu que Combes irait le lendemain matin admirer la collégiale de Sainte-Foy-la-Grande.

Quand le capitaine fut averti de l'orientation qu'il comptait donner à ses recherches, l'adjudant-chef s'entendit successivement féliciter de cette initiative, attribuer une Jeep et un conducteur pour la durée de ses interviews lointaines et conforter dans ses hypothèses par les observations du légiste, le docteur Lebensfels.

– Votre client, avait conclu celui-ci, a bien été tué par une balle tirée à bout portant contre le pavillon de son oreille droite. Mort instantanée à la traversée des deux lobes pariétaux. Balle ressortie à hauteur du rocher gauche. Heure approximative du décès : 1 h 30. Observations annexes : à l'heure du coup de feu mortel, la victime était dans l'incapacité d'utiliser une arme, étant vraisemblablement en syncope à la suite d'un coup violent, donné avec un outil du style manche de pioche à hauteur des vertèbres cervicales, qui en portent trace à l'extrémité des épiphyses droites. D'après les coagulats, ce coup aurait été asséné environ deux heures avant le coup de feu.

– Autrement dit, avait ajouté Tournayre, notre ami a bien été assassiné avant d'être déposé dans sa voiture ; inutile de vous dire ce qui va s'abattre sur les épaules de ce crétin de Girassol. Nous voilà obligés de chercher des ombres, à cause de sa négligence. Je compte sur vous. Tenez-moi au courant.

Lesté d'un sandwich qu'il s'était fait confectionner à la cafétéria et qu'il dévora dans sa chambre, arrosé d'une bouteille de bière tiède, Combes passa la soirée à penser à Claire, debout devant la fenêtre qui donnait sur le cours et que battait une lourde giboulée à éclipses. A chaque accalmie, assis près de la vitre muette, il avançait page après page dans l'abrégé des Mémoires rédigés par O'Shaffy. Avant d'entendre la version Gautier de l'histoire, il voulait connaître celle de la dernière victime du maquis Vaillance.

Monsieur Gautier, tel que le découvrit le gendarme sur le seuil de sa librairie, dans l'étroite rue principale de Conques, avait gardé l'aspect juvénile de ses vingt-cinq ans. Sans doute avait-il pris quelques kilos depuis ses pérégrinations à travers les bois et les vallées d'Aveyron et du Cantal. En pantalon de velours beige, le torse pris dans un pull-over à col roulé, les joues pleines, l'œil clair et le cheveu court à peine grisonnant, mains aux poches, il paraissait ravi de rencontrer un militaire d'aujourd'hui qui avait annoncé vouloir parler de l'ancien temps.

En quelques minutes, Combes comprit que l'ancien maquisard, dont les récits devaient lasser un auditoire restreint, entendait diriger l'entretien à sa guise. Après tout, un témoin auquel on ne coupe pas le fil est toujours plus bavard que celui auquel on mesure sa liberté d'expression. Monsieur Gautier, qui voulait peut-être instaurer un climat avant d'aborder l'historique de Vaillance, commença donc librement par entraîner son visiteur sur les pavés de la rue Charlemagne en direction de l'abbatiale.

– Il faut savoir, dit-il avec l'aisance d'un guide professionnel, que le nom même de Conques est prédestiné. Il signifie « vallée » en occitan et « creux », « coquille » en latin. Difficile de ne pas lier cette coquille avec celle de Saint-Jacques-de-Compostelle, dont le pèlerinage passait ici par l'étape la plus recommandée du Moyen Age !

Sans doute le libraire lut-il dans l'œil du gendarme une inquiétude née d'un exorde trop touristique. Il redressa habilement la situation en posant à l'adjudant-chef une question mêlant histoire et enquête de droit commun :

– Savez-vous que la richesse du pays est l'exemple même du crime payant ? Elle est le résultat d'un vol éhonté. Au XIe siècle, un moine de l'abbaye, adorateur de sainte Foy, jeune martyre du IIe siècle, enrageait que les reliques fussent conservées à Agen, au sein d'une congrégation. Notre moine décida de remédier à cet état de choses. Il partit à Agen, rejoignit la communauté et y brilla tant, par sa piété et son dévouement à la sainte, qu'en dix ans il devint le gardien attitré de sa châsse ; il s'empressa alors de la voler pour la confier à l'abbaye de Conques. Les miracles accomplis postérieurement ont laissé croire à la hiérarchie que sainte Foy n'était pas mécontente du voyage. Le nouvel état de fait a été entériné, et Conques a connu célébrité et vénération !

– J'espère, intervint Combes qui se voyait entraîner loin de son sujet, que votre escroc de moine n'a pas fait école ici, et que la geste du maquis Vaillance est exempte de magouilles et de coups tordus.

Gautier eut le bon goût de rire, avec un geste d'excuse.

– Pardonnez-moi. Quand je me lance sur l'histoire de ce village, je ne sais plus m'arrêter.

– Je sais, sourit Combes poliment. Autrefois déjà vos compagnons avaient noté ce même enthousiasme.

Le rire s'arrêta, remplacé par la perplexité.

– Vous m'étonnez ! Je ne vois pas qui…

– Mais si, je vous assure. Je vous retrouve tel que vous a décrit dans une suite de notes personnelles, écrites après la guerre, le lieutenant O'Shaffy, officier britannique détaché auprès de votre unité quand vous bivouaquiez autour de Bancarel.

– Mon Dieu ! le lieutenant Guillaume…

Cette fois la voix de Gautier n'avait pas dépassé le volume du chuchotis. Il avait brusquement pâli comme à l'évocation d'un fantôme.

– Vous n'avez pas pu oublier ce compagnon, insistait Combes, qui refusait de montrer combien le surprenait le trouble de son vis-à-vis.

A consulter les souvenirs sèchement exprimés du faux suicidé, il avait naturellement envisagé la culpabilité possible d'un ancien camarade de Résistance, sans entrevoir de mobile. Le nom de Gautier ne faisait pas partie des plus vraisemblables. Le lieutenant « Guillaume », dans les rares détails de son squelettique journal de marche, citait plus souvent comme compagnons de patrouille, d'embuscade ou de reconnaissance de terrain Bartissol et Hervieux, les commandants des compagnies de combat, et Huchon l'ours, nommé par le commandant Roger responsable des transmissions. Il avait paru logique à Combes de commencer sa liste de suspects par ceux-là.

– J'aimerais, dit-il, que vous me racontiez comment s'était intégré O'Shaffy. Etait-il plus à l'aise avec quelques-uns d'entre vous ? Avec qui passait-il le plus de temps ? Comment vos hommes acceptaient-ils son autorité ? En somme, diriez-vous que c'était un personnage rapporté, ou un camarade de combat comme les autres, très apprécié et pourquoi, ou bien au contraire à peine supporté, et pour quelles raisons ?

Le libraire avait certainement éprouvé un choc lorsqu'il avait entendu citer le nom de « l'Angliche » et il ne tenta pas de le cacher. Assis sur le socle d'une colonne brisée, dans les ruines du cloître de Sainte-Foy, il réfléchit quelques longues secondes, en cherchant à imposer au gendarme la franchise de son regard direct. L'adjudant-chef, qui le fixait en souriant, retrouva immédiatement le qualificatif qu'avait appliqué O'Shaffy au jeune homme qui l'avait accueilli à sa descente du Lysander de Londres. C'était toujours un « boy-scout », enthousiaste et honnête.

– Pourquoi toutes ces questions concernant le lieutenant Guillaume ? demanda Gautier d'une voix à nouveau maîtrisée. Qu'est-il donc arrivé pour que vous vous intéressiez à nos vieilles histoires ?

– Simplement que nous avons reçu à Rodez il y a quelques jours la visite de votre ancien camarade, qui se disait à la recherche d'anciens ennemis personnels vivant dans la région, et que nous avons découvert son cadavre hier matin à Aubin.

Gautier hocha la tête et soupira. Bizarrement, la nouvelle l'avait moins troublé que tout à l'heure le nom de son ancien compagnon jeté à la volée dans la conversation.

– Je comprends. Je dois d'abord vous expliquer que « Guillaume », ainsi que l'avait baptisé le commandant Roger, et comme nous l'appelions tous, avec affection pour la plupart d'entre nous, est lié à une des périodes les plus sombres de Vaillance, que les survivants n'aiment pas évoquer. Pour répondre en détail à toutes vos questions concernant l'ambiance, j'affirme que notre Britannique s'était parfaitement intégré à notre unité. Il parlait le français mieux que beaucoup de nos volontaires et savait se montrer coopératif dans toutes les circonstances. Il avait de bons contacts avec la population. Je crois que lui et Huchon, qui l'accompagnait dans toutes ses virées, avaient trouvé d'innombrables planques possibles chez les fermiers entre ici et Flagnac, sur la route d'Aurillac au nord de Decazeville.

– N'était-ce pas nettement en dehors de votre secteur ?

– Guillaume était quand même venu d'Angleterre ! Il pouvait se permettre quelques initiatives, que le commandant Roger approuvait, d'ailleurs, dans la mesure où elles n'allaient pas à l'encontre des directives du BCRA. Bartissol, de la 2e compagnie, venait souvent, à la veillée, discuter avec Guillaume d'embuscades, de coups de main à tenter. Ces deux-là, disait en riant le commandant, regrettaient que les Allemands ne soient pas assez nombreux dans le coin pour être certains d'en accrocher quelques-uns à chaque sortie.

– Et les autres résistants, ceux qui étaient basés plus près de Decazeville, que pensaient-ils des incursions de Guillaume dans leur secteur ?

– Je crois qu'ils étaient plutôt contents de le voir venir jusque chez eux. Huchon ne disait rien de ces rencontres avec les FTP, et Guillaume prétendait que les autres lui faisaient la cour, pour le convaincre d'organiser un parachutage d'armes à leur profit, mais je les ai un peu soupçonnés tous les deux d'aller courir le guilledou en bordure du secteur urbain. De toute façon, ils ramenaient à chaque fois des renseignements intéressants.

Peu à peu, à mesure qu'il évoquait l'ancien temps, le visage du libraire s'était détendu. Les rides d'un sourire nostalgique relevaient ses pommettes, comme s'il s'attendrissait à contempler ces images disparues. Au-dessus du village, le ciel d'avril, lavé par la pluie de la nuit passée, était d'un bleu-gris transparent et le soleil tiède enrichissait les tons fauves des vieilles pierres. Le temps de la Résistance paraissait aussi lointain que celui des théories de pèlerins reprenant leur route vers Compostelle, après la halte au monastère. Combes comprenait que la magie du lieu eût enchaîné le jeune Gautier, qui s'y était préparé au sacrifice guerrier et était revenu s'y installer pour retrouver la paix. Cet homme-là était si différent de ce qu'avait paru être O'Shaffy ! Qu'est-ce qui avait enchaîné celui-ci et l'avait fait revenir après vingt-quatre ans ? Etait-ce seulement le désir de se venger ?

– Tout à l'heure, dit-il doucement, vous avez mentionné une période sombre de votre maquis. Que s'est-il passé ?

Gautier s'ébroua et fronça les sourcils.

– Jusqu'au début de l'été 44, la présence des Allemands se traduisait par quelques postes de gardiennage dans les installations minières, la centrale électrique desservant le bassin, les gares. La plupart des actes de Résistance ont été alors le fait des groupes de FTP contre les puits, les lignes à haute tension, les collaborateurs trop compromis. Pour notre part, les ordres de Londres interdisaient au commandant de risquer l'avenir de l'unité dans ce genre d'actions provocatrices, nous réservant, disait-on, pour des combats véritables contre des troupes remontant vers le front de Normandie. Je me souviens qu'au début du mois de juillet Roger a rassemblé à Bancarel tout l'état-major du bataillon et nous a demandé instamment d'obéir à ces directives deux semaines de plus. La grande majorité des cadres étaient exaspérés par ce qu'ils appelaient de l'attentisme. Ils voulaient descendre sur Rodez pour les uns, monter sur Aurillac pour les autres. Tout le monde a accepté les deux semaines de délai demandées par Roger, qui s'est engagé à entrer en action passé cette date si aucun ordre nouveau ne venait du général König. Malgré tout, cette attente supplémentaire avait créé une ambiance électrique.

Bartissol a été le premier à rompre cette inaction forcée. Le 17 ou le 18 juillet, un de ses groupes est descendu vers le Grand Val pour surveiller les passages sur la route d'Espalion à Decazeville. Les gars n'ont pas résisté au plaisir d'ouvrir le feu sur une voiture de liaison allemande, qui s'est crashée dans le fossé avant de brûler avec ses trois occupants. Le commandant était furieux et a mis tout le bataillon en alerte sur les hauteurs dominant la route, pour contenir au plus loin une éventuelle réaction ennemie. Le lendemain soir, nous nous sommes aperçus au PC des absences de Guillaume, de Huchon et de deux sergents placés sous leurs ordres. Dans la nuit, un des deux sergents est revenu seul sur les positions de Hervieux avec un message de Guillaume. Et les ennuis graves ont commencé.

– Comment ? A cause du message ?

– En partie, oui. Guillaume affirmait savoir que les maquis FTP de Decazeville et d'Aubin allaient tenter d'accrocher au petit jour une colonne remontant de la région de Figeac et se disaient prêts à accepter le concours de Vaillance. De fait, les combats se sont déroulés pendant toute la matinée du 21 autour des Albrès. Les Allemands y ont laissé trois camions et une quinzaine de morts, et les nôtres une douzaine de tués ainsi que cinq prisonniers, deux d'un groupe franc de Cransac et nos trois fugueurs, Guillaume, Huchon et le sergent adjoint de celui-ci, Jacquinot. Malgré toutes les patrouilles menées par Hervieux et par Roger lui-même, nous n'avons jamais retrouvé nos trois hommes. Nous les avons considérés comme perdus quand nous avons appris que les cadavres des deux corps francs de Cransac avaient été découverts à Sainte-Radegonde, sommairement exécutés. Vous comprenez maintenant pourquoi j'ai été si troublé tout à l'heure quand vous avez cité le nom d'O'Shaffy. Pour moi, il était mort depuis vingt-quatre ans.

– J'imagine que ces disparitions ont dû entraîner toute une série de mesures de sécurité ?

– Evidemment. Nous n'avons jamais su comment les Allemands avaient appris l'existence de nos trois guetteurs installés ici, à Conques. Toujours est-il qu'ils ont été arrêtés le 24 au matin au moment où le commandant Roger venait leur apporter de nouveaux ordres. Ces quatre-là non plus, Roger, l'abbé Varjols, Levedou et Costes, nous ne les avons jamais revus. Hervieux a pris le commandement et a fait déménager tout le bataillon dans la journée à travers bois d'une quinzaine de kilomètres, jusqu'aux montagnettes entre Peyrelebade et Villecomtal. Hervieux s'est révélé ce jour-là un patron hors de pair et l'est resté tout au long de la campagne, jusqu'aux Vosges où un obus de mortier lui a saccagé les deux jambes. Il s'est retiré près d'ici, à côté d'Espalion. Vous devriez aller le voir. Il sera content d'évoquer notre jeunesse.

Peut-être parce qu'il n'avait pas apprécié que l'adjudant-chef de gendarmerie l'eût amené à remuer ces souvenirs amers, l'ancien lieutenant Gautier semblait maintenant pressé d'en terminer avec l'histoire de Vaillance. Combes hésita un moment à poser quelques questions supplémentaires que la conclusion un peu rapide du libraire avait fait naître. Pourquoi, par exemple, n'avoir pas énoncé quelques doutes sur la façon dont les Allemands avaient appris l'existence et les noms des trois habitants de Conques liés au maquis ? Eût-il été injurieux de penser que les trois prisonniers de l'avant-veille avaient parlé sous la torture ? L'image des doigts sans ongles d'O'Shaffy était suffisamment suggestive pour entretenir cette idée.

Finalement, il renonça à tourmenter davantage son témoin. Le boy-scout d'autrefois, au cœur généreux et compréhensif, n'était sûrement pas homme à faire part à un inconnu, fût-il gendarme, de soupçons infondés. Hervieux serait peut-être mieux renseigné, ou plus bavard. Quelle que soit la discrétion naturelle ou voulue des deux anciens compagnons de Guillaume qu'il avait sous la main, il faudrait bien qu'il leur arrache « le » détail qui ferait enfin démarrer l'enquête.

En rentrant à Rodez, tout au long des trente-cinq kilomètres, Combes ne voulut penser qu'au réveil possible de Claire, qui l'attendait peut-être enfin consciente à l'hôpital. C'était plus qu'un pressentiment, qui le mettait dans un état d'euphorie oublié depuis des semaines. Il se voyait déjà assis à son chevet après leur étreinte, racontant à sa femme, curieuse et enjouée comme autrefois, la fin de son aventure personnelle ; sans doute voudrait-elle tout savoir de la nouvelle vie qui les attendait. Il n'avait pas fait le tiers du chemin qu'il se surprit à mêler à son bonheur proche l'ébauche du récit qu'il lui ferait de l'affaire O'Shaffy. Il était sûr qu'elle serait pour lui de bon conseil, comme elle l'avait toujours été. Sûr aussi que s'intéresser à cette histoire serait pour elle la meilleure façon de retrouver sa personnalité et son tonus. « Mon Dieu ! Faites que Claire me revienne, comme autrefois ! »

7

Combes n'était pas arrivé à Rodez que monsieur Gautier, libraire aux airs de boy-scout, s'était enfermé dans sa minuscule officine, encombrée de cartes postales représentant tantôt l'abbatiale vue du côté tympan occidental, tantôt le reliquaire de sainte Foy. Dans la pénombre luisaient sur les rayonnages les couvertures colorées d'innombrables guides, essais, opuscules, ouvrages savants, religieux ou païens mais toujours techniques, écrits par d'illustres exégètes de l'architecture romane aussi bien que par des villageois croyant qu'habiter à proximité des reliques apporterait à leur bouquin un miracle commercial. Les petits carreaux de la porte fermée étaient presque tous recouverts d'affichettes garnies de bouts de papier collant séché, destinées aux clients passant dans la rue, qui donnaient par transparence un effet de vitrail illisible correspondant à la destinée religieuse du bourg. Certains jours où la pratique était rare, ce qui arrivait pendant les mois d'hiver, le service de la presse ayant été abandonné aux concurrents, il ne manquait à la librairie qu'une vague odeur d'encens pour qu'elle parût une crypte. Pour l'heure, éclairage et ambiance étaient accordés à l'état d'esprit du libraire. Monsieur Gautier, ancien lieutenant dans la Résistance, qui avait toujours passé pour un homme généreux et de caractère droit, avait mauvaise conscience.

Son éducation, son tempérament, ses convictions l'avaient contraint à jouer le plus honnêtement possible son rôle de témoin, mais il avait cru devoir à l'amitié certains silences sur des faits qui ne pouvaient avoir d'importance pour l'enquête du gendarme. A présent que l'épreuve était terminée, il se demandait quand même si sa discrétion n'avait pas été exagérée. Peut-être même, si ce Combes apprenait un jour ce qu'il lui avait caché — mensonge par omission —, pourrait-il à juste titre lui reprocher sa complicité involontaire avec les assassins de son ancien ami Guillaume. Au souvenir de celui-ci, même si leur amitié avait manqué de chaleur, il devait honnêteté et soutien.

Arrivé à ce point d'incertitude, Gautier éprouva le besoin d'un conseil. Sur un sujet aussi délicat, le seul homme auquel il pût s'adresser était le compagnon du temps de Vaillance, l'aîné de confiance.

En trois pas, il alla vérifier que la porte du magasin était verrouillée, puis, traversant son cimetière de livres, écarta une tenture de tendance vaguement maghrébine qui cachait une porte maçonnée en plein cintre, et pénétra dans son bureau. A parcourir de l'œil les murs chaulés et nus, on eût dit une cellule monastique ; deux meubles seulement, une chaise à haut dossier Louis XIII et au siège de tapisserie usée, un bureau de fabrication simplissime, vaste plateau de bois autrefois ciré reposant sur trois tréteaux. La présence de ce troisième étai se justifiait par la concavité du plateau, surchargé par un désordre de livres garnis de signets et de fiches, de liasses de feuilles blanches couvertes de graffiti, froissées ou écornées, et de chemises de couleur passée. Une machine à écrire, au milieu de cette plaine de papier, constituait la montagne principale, d'une altitude qui trahissait sa lointaine année de fabrication. L'autre relief, qui risquait l'éboulement à l'extrême bord de la table, était un téléphone.

Il n'était pas nécessaire de visiter le premier étage, auquel menait un escalier donnant à l'extérieur, à côté de la porte de la boutique, et où le libraire s'était aménagé à grand-peine un appartement de pygmée, pour comprendre que Gautier était un célibataire impécunieux, qui travaillait depuis longtemps à un ouvrage exhaustif et savant qu'on pouvait parier consacré à Conques et à ses trésors.

Quelques secondes, tête levée, il chercha le numéro de son correspondant, saisit son appareil et écouta la sonnerie lointaine.

– Capitaine Hervieux ? Ici Gautier.

– Bon Dieu ! chantonna au bout de la ligne une voix chaleureuse, vas-tu un jour cesser de me donner du capitaine ? A chaque fois que tu m'appelles je crains d'avoir affaire à un rond-de-cuir du Trésor public qui va m'annoncer qu'il manque une pièce dans mon dossier de pension ! Comment vas-tu ? Pas de miracle nouveau, dans ton bled ?

– Non, non ! Toujours le train-train. Il vient pourtant de m'arriver quelque chose d'inattendu et ça me tracasse. J'aimerais te demander conseil.

– Attends, ne me dis rien ! J'imagine que tu as, comme moi, été contacté par la gendarmerie de Rodez te demandant un rendez-vous ? Un adjudant-chef Combes, qui doit venir me voir demain matin ?

– Exact. A la différence que, moi, j'ai déjà reçu la visite de ce pandore. Il m'a appris une nouvelle sidérante et m'a demandé de raconter ma vie, ou presque.

– La nouvelle, je la connais. J'ai lu *La Dépêche* d'aujourd'hui, moi ! Notre lieutenant Guillaume, ci-devant O'Shaffy, que nous avons cru mort depuis vingt-quatre ans est revenu à Aubin pour se suicider.

– Pas se suicider. Se faire assassiner, à ce que m'a affirmé ce Combes.

Après un court silence, la voix d'Hervieux ne parut pas particulièrement affectée. Seulement plus sérieuse.

– Pauvre diable. Quelle étrange destinée pour ce malheureux William. Le gendarme sait-il qui est le criminel ? Que te voulait-il, au juste ?

– Il voudrait reconstituer la vie de Guillaume chez nous, en 44. Il paraît qu'il était revenu au pays pour retrouver ceux qui l'avaient fait arrêter par les Chleuhs.

Longuement et lentement, soutenu et aiguillonné par les brefs commentaires de son ami, Gautier répéta ce qu'il avait raconté une heure auparavant, dans le cloître de l'abbatiale.

Quand il eut terminé son rapport, Hervieux ne sembla pas y trouver matière à récriminer.

– Qu'est-ce qui te rend si douillet dans ton histoire ? Tu n'as en rien travesti la vérité ? Ton résumé est exactement celui que j'aurais fait.

– Tout de même, je pense que j'aurais dû avouer que nous avions plus tard soupçonné Guillaume, Huchon ou Jacquinot d'avoir parlé aux Allemands de Roger et de ses contacts à Conques.

– Soupçon n'est pas preuve, ton gendarme serait le premier à te le dire. D'ailleurs, quand Huchon est revenu de Mauthausen, il a très solennellement nié devant moi avoir été interrogé sur la personne ou les habitudes du commandant. Pourquoi en aurait-il été autrement avec Guillaume ou le serpent ?

– Je ne sais pas. Rappelle-toi que j'étais en Indo quand Huchon est rentré des camps, et que je ne l'ai jamais revu.

– Mais tu as tout de même dit qu'il avait survécu et qu'il s'était lui aussi retiré au pays ? N'est-ce pas ?

Un silence gêné renseigna exactement Hervieux sur les scrupules qu'avait ressentis son jeune compagnon à l'idée d'orienter l'enquêteur sur Huchon ; celui-ci s'était montré assez rancunier envers Guillaume à son retour.

– Je n'ai même pas dit à cet adjudant-chef Combes qu'Huchon était revenu de l'enfer, reprit enfin Gautier. J'ai seulement précisé que je n'avais revu aucun de nos trois amis arrêtés ce 20 juillet. Ce qui est vrai ! Je me suis souvenu de ta lettre m'annonçant la résurrection du chef et combien il était remonté contre Guillaume.

– N'exagérons pas. Il prétendait seulement qu'O'Shaffy avait hésité trop longtemps à sortir de leur planque de la nuit. Quand je suis allé à son mariage, à Cransac, en 1950, il n'en parlait déjà plus. Histoire enterrée. J'espère que tu n'es pas allé imaginer qu'il a quelque chose à voir dans la mort de notre Angliche !

– Ecoute, mon capitaine. Voilà vingt ans que je me pose des questions au sujet de l'arrestation du commandant Roger. Depuis tout à l'heure je ne sais plus que croire ou que supposer. Je crois que j'aurais dû être plus franc avec ce gendarme. Mais si je le rappelle pour compléter mon histoire, j'ai peur qu'il ne prenne prétexte de mes omissions pour faire d'Huchon un coupable évident. Que me conseilles-tu ?

Cette fois, le ton de son correspondant changea nettement. La voix chaude aux accents amicaux qui évoquait l'invalide rivé à son fauteuil et heureux d'entendre un ami avait fait place à la voix sèche et décidée de l'ancien chef du maquis Vaillance. Il donnait un ordre et voulait être obéi.

– Ne fais rien. Ton loyalisme envers tes anciens amis peut causer plus de mal que de bien. Demain, c'est moi que vient voir le sieur Combes. J'ai entendu parler de lui. Son capitaine, que je connais, le tient en haute estime. Je lui raconterai moi aussi notre histoire, à ma manière, sans rien lui cacher. Je te tiendrai au courant s'il désire te faire compléter ta déposition. Au revoir.

Ces quelques phrases, assénées comme un commandement, avaient ramené Gautier à sa jeunesse et aux marches et contremarches qui avaient conduit Vaillance de l'Aveyron aux Vosges en 1944. Contemplant le combiné téléphonique reposé sur son socle, il mit longtemps à effacer le souvenir de ces quelques centaines de compagnons enthousiastes avec lesquels il avait cru poursuivre un idéal. D'un regard, il évalua l'amoncellement de paperasses autour de sa machine à écrire. Il n'avait pas très envie de se replonger dans l'écriture de l'*Histoire du gîte d'étape de Conques sur la route de Compostelle.*

8

Lorsque Combes pénétra dans le bureau du capitaine Tournayre, au tout début de l'après-midi, il ne ressemblait plus à l'homme décidé qui était rentré de Conques une heure plus tôt. Le regard éteint, les sourcils froncés, les traits de pierre et le teint gris, raide et gourmé comme un soldat de plomb, il attendit en silence que le capitaine levât les yeux.

– Bonne journée ? demanda aimablement Tournayre par habitude mais nettement mal à propos.

Devant lui, la statue d'adjudant-chef parut se guinder davantage. Sans doute parce que, malgré la colère qui l'étouffait, un reste d'esprit de discipline l'empêchait de hausser les épaules. Tournayre connaissait suffisamment le caractère de son subordonné pour s'étonner de ce comportement. Combes était capable d'exploser, pas de s'enfermer dans une rancœur butée et tous azimuts. Se contraignant lui-même au calme, bien qu'agacé par cet air de martyr furibond, il ferma soigneusement sur son sous-main le dossier qu'il étudiait et posa lentement le crayon rouge qui avait laissé tant de signes cabalistiques sur les rapports de ses brigades.

– Allons, mon vieux, asseyez-vous, cessez de faire la gueule et expliquez-moi ce qui ne va pas.

Combes serra les dents, prit une forte inspiration et décida d'obéir au troisième des ordres reçus, comme si exécuter les deux premiers était au-dessus de ses forces. Il parla en regardant le mur.

– Mon capitaine, je vous demande de me retirer de l'enquête sur l'affaire O'Shaffy. Je ne me sens pas en état de continuer.

Tournayre haussa les sourcils et ricana sinistrement :

– Vous allez me dire que vous êtes trop occupé en ce moment ? Non ? Alors, que vous trouvez que cette histoire sent sa politique de trop près pour vous ? Non plus ? Vous êtes dépaysé hors de votre fief de Villefranche ? Nom de nom ! Donnez-moi une bonne raison à cette démission. Videz votre sac.

L'adjudant-chef parut quelques secondes durant lutter pour s'entêter dans sa raideur. Manifestement, il était à bout de nerfs.

– Voyons, l'encouragea le capitaine, il n'y a pas de honte à se poser des questions de conscience. Asseyez-vous, c'est un ordre ; détendez-vous et racontez-moi tout ça. Nous avons confiance l'un dans l'autre, il me semble.

Cette fois, Combes ne résista plus. Il ôta son képi d'un geste las et se laissa tomber sur la chaise de l'invité. Paupières baissées, les traits liquéfiés, les lèvres en chevron et le menton tressaillant, il donnait à Tournayre l'impression pénible qu'il allait se mettre à pleurer. Personne n'aime voir couler les larmes d'un homme qu'on estime pour son courage et pour sa rigueur. Pitié mêlée d'un soupçon de honte, gêne et impuissance donnent au spectateur malheureux l'envie regrettable d'être ailleurs et l'impossible désir d'oublier les manifestations du chagrin de celui qui s'y abandonne. Par chance pour le capitaine, Combes parvint à se dominer. Il se racla la gorge pour maîtriser des sanglots trop proches, redressa le buste et lâcha un seul mot, en regardant le bout de ses chaussures :

– Claire !

– Qu'est-ce qui se passe ? réagit immédiatement Tournayre. Vous disiez hier que le toubib était confiant sur l'avenir proche !

La digue était maintenant rompue et Joseph, mari angoissé, se libérait en vrac des désespérantes impressions qu'avait fait naître le choc subi à l'hôpital une heure auparavant.

– Ce docteur est un sadique qui joue avec les sentiments des familles de ses patients. Comme je m'étonnais tout à l'heure de ne voir aucune amélioration dans l'état de ma femme, malgré ce qui m'avait été annoncé, il a eu le culot de me dire tout à trac que les absences de Claire étaient la preuve qu'elle ne voulait pas retrouver sa vie passée. Il a prétendu me convaincre avec une suite de théories psychiatriques : schizophrénie causée par les drogues, transfert de son aversion de ses ravisseurs sur ma personne, rejet de son aventure brutale se traduisant par la négation totale d'un passé proche, je ne sais quoi encore. Bref, elle irait physiquement très bien mais serait mentalement une nouvelle femme sans souvenirs autres que ceux que son esprit malade a pu lui inventer. Et le pire…

– Il n'y va pas de main morte, ce médicastre. Il n'est pas là pour constater ce qui ne va pas, mais pour faire en sorte que ça aille mieux, bougonna Tournayre, impressionné malgré lui par la gravité du diagnostic.

– Le pire, reprit Combes à nouveau proche de l'éruption, c'est qu'il a voulu me prouver qu'il avait raison. Claire était réveillée, l'air absent mais belle comme un cœur et souriante. Le docteur m'a demandé de m'approcher du lit où elle était assise et de la prendre dans mes bras. Elle m'a donné des coups de poing sur la poitrine pour se dégager et s'est mise à hurler de peur. Comment voulez-vous que j'aie envie de travailler dans ces conditions ? Alors que je ne pense qu'à ma femme…

Le dos collé au dossier de sa chaise, il avait tourné la tête vers le mur pour éviter le regard du capitaine, les yeux fixes et les mâchoires serrées.

– Bien sûr, je vous comprends. Mais croyez-vous qu'assommer le docteur y changera quelque chose ? Que diable, il doit bien y avoir un traitement à ce genre de, de…, je ne sais pas, moi, de trouble mental !

Combes n'en était plus à obéir à ses habitudes de politesse. Il haussa carrément les épaules et se pencha rageusement vers le bureau, comme s'il mettait Tournayre dans le même sac que le psychiatre.

– Mais oui ! Vous allez me dire comme ce crétin qu'un simple choc mental peut la ramener à la normale, n'importe quand. Il est seulement incapable de me préciser le genre de choc qui conviendrait. Quand je lui ai demandé s'il voulait m'entendre tirer des coups de pistolet dans les couloirs de l'hôpital, ou si je devais amener des chiens et les faire aboyer devant la porte de la chambre de Claire, il m'a quasiment insulté et m'a foutu dehors en me promettant qu'il vous ferait un rapport salé sur ma conduite ! Et il m'a interdit de revenir au centre médical jusqu'à nouvel ordre ! C'est un comble, non ?

Un capitaine de gendarmerie, que le métier oblige à être une sorte de confesseur civil auprès des gens en état de trouble majeur qu'il traite, doit avoir le sens de l'humain. Tournayre n'en était pas dépourvu. Que la maladie de madame Combes soit plus compliquée qu'on ne l'avait d'abord cru était évidemment un crève-cœur pour l'adjudant-chef. Que l'insensibilité du médecin traitant et sa maladresse à communiquer soient répréhensibles, aucun doute. Mais cette situation bloquée ne risquait de déboucher que sur un scandale. Poussé à bout, Combes serait bien capable d'oublier qu'il était déjà dans le collimateur des autorités, et d'aller casser quelque chose, ou la figure de l'homme de l'art.

– Je suis d'accord, grommela Tournayre en quittant sa chaise. Dès demain matin, j'irai rendre visite à ce monsieur pour lui dire ma façon de penser. Je vous promets que vous pourrez retourner au centre dès demain après-midi. J'arrangerai ça.

Il évita de tourner la tête vers son subordonné, pour ne pas croiser un regard qui serait incendiaire ou noyé. Il ne se sentait pas capable de supporter l'un ou l'autre. A bout de patience, il décida d'en finir avec les états d'âme de son subordonné.

– Ecoutez, mon vieux ; j'admets que vous n'êtes pas dans les meilleures conditions pour vous appliquer à un travail quelconque. Mais je ne peux ni ne veux vous laisser vous aigrir davantage dans une hargne qui ne ferait que vous détruire, sans être d'un secours même minime pour votre femme. Je vous promets de secouer tout ce qui pourra l'être afin que son traitement soit confié, si nécessaire, aux meilleurs spécialistes. En échange j'attends de vous que vous consacriiez votre temps libre à m'apporter votre aide pour résoudre l'affaire O'Shaffy. Honnête, non ?

Combes n'était pas conscient de s'être donné en spectacle. Mais il se sentait subitement un peu soulagé ; ses sentiments lui disaient que les promesses du capitaine n'étaient que des vœux pieux, mais sa sortie, écoutée sans interruption, l'avait ramené à un minimum de raison. Bien sûr, Claire n'avait nul besoin de ses éclats, mais de soins appliqués et continus, il le comprenait. Il n'avait pas honte de sa colère ; à peine était-il gêné d'avoir été aussi agressif envers Tournayre sur un sujet qui n'avait rien à voir avec le service.

– Veuillez pardonner la manière dont je vous ai parlé d'affaires personnelles, mon capitaine. Vous avez eu raison d'insister pour que je me remette au travail. Vous pourrez compter sur moi, si je peux aider à quelque chose.

Le capitaine s'était rassis derrière son bureau et avait repris en main son crayon de couleur.

– Bon, admit-il. Allez vous détendre quelques heures et revenez me voir vers six heures pour me raconter votre matinée à Conques. Nous ferons le point sur ce que nous savons. Ne prenez pas d'engagement pour ce soir, nous casserons la croûte ensemble en discutant.

L'adjudant-chef, repris par sa vieille éducation militaire, avait à peine refermé la porte après son demi-tour réglementaire que Tournayre décrocha son téléphone.

– Le vieux a l'air drôlement remonté, dit le gendarme Marlat, qui partageait avec son ami Pierlacq la permanence au central.

– Qu'est-ce qu'il voulait ?

– Le service de neurologie au centre médical.

Dans le calme vespéral que connaissait l'immeuble de la gendarmerie, à peine troublé par quelques relents de musique venus des chambres de célibataires de l'étage supérieur, la séance de travail sur le dernier crime commis dans le département avait réuni deux techniciens parfaitement apaisés.

Combes avait fidèlement répété sa conversation avec le libraire ancien combattant à Conques. Il avait souligné le trouble de Gautier apprenant le retour en France d'O'Shaffy, son étrange absence de soupçon concernant l'arrestation du commandant

Roger et la brièveté avec laquelle il avait évoqué les derniers jours de Vaillance dans son bivouac de Bancarel.

Le capitaine avait dressé la liste des faits matériels qu'avaient ou non relevés les gendarmes de l'équipe spéciale. Le contenu des poches de la victime était déprimant : un passeport à son nom, un stylo Parker à plume rentrante garni d'encre bleue, un portefeuille de cuir griffé Harrods contenant deux cents livres en billets britanniques et six cent cinquante francs en monnaie française. L'examen de la voiture était aussi peu loquace : cinquante kilomètres au compteur depuis la sortie du garage Avis, aucune empreinte digitale à l'intérieur comme à l'extérieur et aucune trace de la balle meurtrière. Seule une tache de sang, sur le dossier du siège d'O'Shaffy, découverte après l'enlèvement du corps avait fait réfléchir le légiste, qui avait conclu qu'il ne s'agissait pas de sang frais, mais d'une tache sur le dos de la main qui avait frotté sur le coussin au moment de la dépose du cadavre.

– Rien de tout ça qui aille à l'encontre de ce que vous avez prétendu avant-hier, conclut Tournayre ; notre homme a été tué par un ou plusieurs inconnus, qui n'avaient pas le vol pour mobile. Points de suspension.

– Je suggère que la chambre de l'hôtel du Plateau soit également fouillée, proposa l'adjudant-chef. Notre voyageur avait deux valises de cuir qui contiennent peut-être un objet capable de nous éclairer sur ses fréquentations dans le pays.

– Vous serez satisfait d'apprendre que la chambre est sous scellés depuis hier à notre retour d'Aubin et que nous allons nous en occuper ce soir tous les deux après dîner. En avant marche, direction le Plateau.

L'orage qui avait balayé l'esprit de Combes au début de l'après-midi, et qu'avait si flegmatiquement supporté son capitaine, avait au moins eu le mérite de décanter leurs relations, les purgeant des sous-entendus, rancunes, soupçons, hypocrisies et marques de faux respect. Sur décision de Tournayre, ils s'étaient tous les deux mis en civil, Combes en pantalon de drap gris fer et veste de sport bleu marine à soufflets, qui ne convenait pas à sa petite taille et lui faisait un buste d'haltérophile turc, Tournayre en complet de velours à côtes marron, auquel, grâce à l'appoint de sa moustache, on pouvait accorder l'épithète de paysan.

– Le principal, avait précisé le chef de l'expédition, est de nous mettre à l'aise et d'éviter de troubler les clients de l'hôtel par l'étalage de nos uniformes. Moins on parlera de cette affaire, plus nous aurons de la marge dans nos déclarations à la presse. Pour le moment, tout le monde en est à la thèse du suicide.

La salle à manger du Plateau offrait le même décor paisiblement bourgeois que l'avant-veille, mais il y régnait presque de l'animation, plus de la moitié des tables étant occupées. Les clients étaient certainement des touristes, à en juger par l'accent pointu avec lequel ils envisageaient leur voyage du lendemain matin vers Toulouse. A l'entrée des deux personnages si manifestement déguisés, un silence étonné les suivit jusqu'à la table du fond, que Tourmayre gagna d'un pas martial, moustaches triomphantes, devançant son compagnon à la démarche discrète qui arborait, sous une coupe de cheveux en brosse, le visage d'un convalescent à sa première sortie de clinique.

L'une des deux serveuses en robe noire et tablier blanc était la jeune Marie Frayssou, au teint aussi fleuri que l'avant-veille. Elle reconnut son héros au premier coup d'œil et sans davantage se soucier de l'affectation des tables que lui avait attribuées le maître d'hôtel, elle glissa à la suite des deux hommes et adressa à Combes un sourire étincelant pendant qu'il s'asseyait.

Tournayre leva la main pour suspendre les effusions que laissait présager cet accueil.

– Deux Ricard, commanda-t-il, et le menu. Mazette, ajouta-t-il goguenard quand elle les eut laissés seuls, vous avez fait forte impression sur la demoiselle. Elle est prête à tout pour vous faire plaisir !

– C'est elle qui m'a la première mentionné l'existence de l'arme d'O'Shaffy. Elle n'a pas les yeux dans sa poche, cette gosse, répondit Combes, gêné qu'on pût le prendre pour un séducteur conscient.

– Ne vous défendez pas. Je suis certain que tout à l'heure, quand j'aurai demandé l'accord de la direction, elle nous accompagnera avec enthousiasme jusqu'à la chambre de notre résistant britannique. Si elle est aussi futée que vous le dites, elle pourra remarquer l'importance des rangements qu'il a effectués avant d'entreprendre son dernier voyage.

Ignorante du projet du gros homme à moustache, qu'elle n'avait pas reconnu, Marie Frayssou, rappelée à l'ordre par le maître d'hôtel, expédiait le service des tables qui lui étaient dévolues en jetant, de l'autre bout de la salle à manger, des regards désespérés à son gendarme. Ce fut sa compagne de service, une maigrichonne qui avait une coquetterie dans le regard et la jalousie au cœur, qui apporta les apéritifs demandés et, plus tard, les cinq plats du menu choisi par le capitaine.

Combes avait commencé le dîner sans appétit, et s'essouffla après le potage, le marcassin et l'aligot, mais Tournayre continua impassiblement à faire honneur au plateau de fromages et à la crème brûlée.

– Nous ne sommes pas pressés. Mieux vaut que ces touristes soient montés se coucher. Je ne tiens pas à ce qu'ils nous voient briser les scellés pour entrer chez notre Angliche.

L'agencement de la chambre 14 justifiait la réputation de l'hôtel. Passé la porte, un bref corridor donnait sur une grande pièce d'environ cinq mètres sur six, dont les murs délicatement tapissés de vert Nil brillaient sous les feux d'une demi-douzaine d'appliques électriques, commandées dès l'entrée par une batterie d'interrupteurs sur laquelle le capitaine avait mis la main. En face du corridor, trois mètres de doubles rideaux vert bouteille cachaient une fenêtre. L'ameublement, tout de bois brun ciré massif, comprenait un lit, à main gauche, recouvert d'un jeté de même couleur que les rideaux et de deux oreillers assortis, et une table de nuit, surmontée d'un téléphone et d'un cendrier, sur laquelle traînaient une carte Michelin fermée et un guide Midi-Pyrénées. Au fond, à gauche de la fenêtre, une commode surmontée d'un miroir faussement vénitien ; du côté droit une table ronde drapée d'une nappe à bordure de dentelles portait élégamment un vase où achevaient de s'assoupir trois tulipes vieilles de quatre ou cinq jours. Deux chaises à l'air confortable, tendues du même drap vert, tenaient compagnie à un fauteuil crapaud rembourré de frais.

– Décor agréable, opina Tournayre. Jeune fille, ajouta-t-il à l'adresse de Marie Frayssou, fort excitée par l'aventure, regardez attentivement cette pièce, notez ce qu'il y manque depuis que vous y êtes venue en présence du client qui y habitait. Ensuite vous viderez sur le lit tous les tiroirs de la commode pendant que monsieur Combes et moi nous nous occuperons des valises de ce gentleman.

– Les valises sont dans la penderie, dans le corridor, dit Marie en se retournant vers monsieur Combes pour lui décocher à bout portant un sourire digne de Michèle Morgan dans *Quai des brumes.*

Etonnamment, de la part d'un voyageur qui avait annoncé une absence de deux jours avant de revenir à l'hôtel, O'Shaffy n'avait laissé aucune veste ni aucun pantalon aux cintres de la longue penderie à panneaux coulissants qui occupait toute la longueur du couloir. Sur le sol couvert de moquette beigc reposaient, l'une sur l'autre, deux valises de cuir fauve qui avaient visiblement bourlingué, soigneusement sanglées de leurs courroies. A les soupeser, Combes les trouva plutôt légères et se retint de conclure à voix haute qu'elles faisaient partie des impedimenta nécessaires au rôle de touriste cossu et douillet, amoureux de son confort, qu'avait voulu tenir leur client.

– Il avait quand même l'intention de revenir, claironna derrière lui la voix de Tournayre, qui paraissait s'amuser de participer comme un débutant à cette perquisition informelle.

De l'autre côté de la coursive, une porte béante était ouverte sur une salle d'eau étincelante de lumières, de miroirs et de faïences. Entre baignoire, bidet et lavabo double, le capitaine avait vraiment l'air d'un campagnard hésitant sur la destination de ces appareils inconnus dans sa ferme. Mais il rayonnait en montrant de la main la tablette de verre, sous le miroir, couverte de tubes de crèmes variées, de flacons, de pots d'onguents, de brillantine et de brosses diverses, qui n'étaient à coup sûr pas fournis par l'hôtel.

De la porte, l'adjudant-chef considéra cet étalage comme s'il allait y choisir une eau de Cologne puis mit soudain la main sur une petite trousse plate en cuit mat, grande comme un mouchoir plié. Il ouvrit la fermeture Eclair et leva les sourcils en examinant l'intérieur.

– Qu'avez-vous trouvé ? chuchota le capitaine intrigué.

– Un nécessaire à ongles. Claire a presque le même, ce qui m'a tiré l'œil. Regardez : repoussoir, ciseaux, lissoir, brosses, tout y est. Je me demande bien ce que peut faire de ça un ancien prisonnier auquel ses geôliers ont arraché les ongles ! Les examens faits par votre légiste demandent peut-être à être affinés !

Dressés l'un à côté de l'autre, face aux lavabos, les deux hommes se regardèrent dans le miroir, hochant la tête au même rythme, l'esprit galopant vers les hypothèses que soulevait cette dernière trouvaille. Dans le silence, on n'entendait que le bruit grinçant des tiroirs enlevés de la commode par leur auxiliaire et la caresse à peine perceptible du linge qui en tombait sur le lit. Une exclamation poussée par Marie Frayssou les jeta ensemble vers la chambre. Une demi-douzaine de chemises repassées et pliées s'étalaient entre les oreillers, popeline et flanelle mêlées, accompagnées de chaussettes de coloris osés et de linge de corps visiblement de qualité. Deux tiroirs retournés flanquaient le pied du lit, encadrant la jeune fille au sourire triomphant. Elle tenait à deux mains un cadre rectangulaire, long d'une quarantaine de centimètres, qu'elle tendit vers ses compagnons.

– Voilà ! C'est la photo que j'ai vue sur la table, le jour où j'ai monté le petit déjeuner. Avec le pistolet, c'est la seule chose qui manquait quand nous sommes entrés tout à l'heure.

Tournayre lui arracha presque le cadre, le mit sous son bras comme s'il s'était agi d'une sacoche contenant des millions.

– Mademoiselle Marie, dit-il avec un air réjoui qui voulait effacer la surprise marquée par la jeune personne, vous avez fait exactement ce que j'attendais de vous. Bravo ! Vous avez été parfaite ! Maintenant, vous pouvez aller vous coucher avec la satisfaction du devoir accompli !

– Etes-vous sûr ? Je veux dire... je ne peux pas ?

– Non, non. Tout est bien comme ça. Mais tout de même, si vous le permettez, j'aimerais vous embrasser pour vous remercier.

Rosissant jusqu'aux oreilles, elle fit le tour du lit et s'approcha du grand moustachu, la tête levée. Le capitaine se pencha vers elle et lui planta sur la joue un baiser sonore qui la fit rire. Dans son élan, elle s'approcha de Combes et ne voulut pas s'apercevoir qu'il hésitait. Son héros était à peine plus grand qu'elle. Elle se pendit d'un bras à son cou et ce fut elle qui posa ses lèvres sur son visage, ratant le but qu'elle s'était fixé parce qu'il avait imperceptiblement tourné la tête. Elle n'osa pas recommencer et s'enfuit légèrement vers le corridor.

– Surtout, recommanda Combes avec retard, ne dites à personne ce que vous avez fait ou vu ce soir !

– Je ne suis pas folle, entendit-il alors que la porte se refermait sur un rire joyeux.

Il se retourna en hésitant vers Tournayre qui le regardait avec une amitié sardonique. Il fronça les sourcils, volontairement insensible à la moquerie qu'il sentait poindre.

– Pourquoi n'avez-vous pas voulu regarder cette photo devant elle ? Peut-être aurait-elle reconnu quelqu'un, ou le décor !

– Vous êtes d'une froideur désespérante, mon cher Combes. Vous auriez pu être plus aimable avec Marie.

– C'est une gosse !

– Une gosse qui préférerait coucher avec vous qu'avec la satisfaction du devoir accompli que je lui ai proposée. Bon ! N'en parlons plus. Vous n'êtes pas humain.

Tirant une chaise au bord de la table, le capitaine posa le cadre, s'assit et appela l'adjudant-chef de la main auprès de lui.

La photo remplissait le cadre jusqu'aux baguettes dorées. Aucun blanc disponible pour une indication de lieu ou pour les noms des personnages qui s'alignaient en poses conventionnelles. Ils étaient une vingtaine, tête nue, cheveux courts, tous de moins de quarante ans à vue de nez, et tous assez identiquement vêtus de chemisettes claires et de pantalons de toile pour qu'on songe à un uniforme.

– Je vous présente l'état-major du maquis Vaillance, hasarda Tournayre.

– Vraisemblablement. Voici notre O'Shaffy, avec sa chemise si bien repassée, et là, à droite, mon ami Gautier, avec son air de prince Jean. Si vous le permettez, j'emporterai cette photo demain chez Hervieux à Espalion. Il pourra certainement mettre un nom sur tous ces visages.

– Croyez-vous l'un de ceux-là coupable du faux suicide ?

– Ça pourrait expliquer pourquoi notre chasseur de traître transportait ce cadre encombrant dans ses bagages. Pour retrouver dans un homme mûr d'aujourd'hui les traits du maquisard d'autrefois dont l'image était un peu floue dans sa mémoire.

Le capitaine prit un air guilleret.

– Pour une fois, mon petit Combes, je crois que ma question est beaucoup plus intéressante que la vôtre. Je ne me demande pas pourquoi O'Shaffy trimbalait cette photo, mais comment il pouvait en avoir un tirage, compte tenu de son histoire. Travaillez donc là-dessus ! Pour moi, la journée est finie. Prenez votre cadre et votre trousse à ongles, je ferme la chambre 14 et remets les scellés. Et direction votre lit.

9

« Au cours du mois de juillet 1944, l'ambiance avait fortement décliné dans les différentes unités du maquis Vaillance. La responsabilité en incombait particulièrement à la façon dont le commandant Roger entendait exécuter les ordres reçus de Londres, traduisant notamment les consignes de prudence par un parti pris d'immobilisme. Les cadres des compagnies de combat en particulier m'ont alors discrètement contacté pour m'encourager à sonder les maquis FTP proches, basés aux abords mêmes de la grande agglomération minière Decazeville-Aubin, sur leur état d'esprit face à une collaboration de Vaillance à leurs actions de combat. »

Appliqué comme un recalé du bac à ses cours de rattrapage, Combes, que l'énervement et les fatigues de la journée écoulée avaient affligé d'une insomnie rédhibitoire, s'était attablé dans sa chambre devant les trois ou quatre derniers feuillets du compte rendu de mission d'O'Shaffy. Le cadre trouvé dans un tiroir de commode de la chambre 14 était appuyé contre le mur, comme si le rassemblement de jeunes hommes enthousiastes de la photo allait donner une apparence de vie aux phrases sèches du lieutenant Guillaume. Quand il avait entendu Gautier raconter les prémices de ce mécontentement, Combes n'avait pas imaginé que la fronde contre Roger avait atteint ce niveau de rébellion.

« Aussitôt après l'escarmouche au cours de laquelle la compagnie Bartissol a détruit un véhicule ennemi, j'ai décidé d'aller effectuer une liaison auprès d'un groupe FTP avec lequel j'avais pris contact quelques semaines auparavant. Le sergent-chef Huchon, volontaire pour m'accompagner, ainsi que son adjoint le sergent Jacquinot, m'ont rejoint dans la nuit du 19 juillet dans une grange près de Masclès, précédemment choisie pour un éventuel rendez-vous avec le chef Justin, responsable FTP local. Le partisan affecté à la surveillance de cette grange est venu, le 20 au matin, me prévenir que Justin était parti avec le gros de son unité à la rencontre d'un convoi allemand venant de Figeac, ajoutant que le concours de Vaillance serait le bienvenu. J'ai aussitôt dépêché vers Bancarel le sergent Coutaux qui m'avait accompagné, avec un message décrivant la situation et demandant au commandant Roger de me prendre au passage à Masclès. Nous y avons passé la journée du 20 à attendre, Huchon, Jacquinot et moi. A l'aube du 21 juillet, avant même que des tirs d'armes automatiques ne nous aient donné l'alerte, l'effectif d'une section allemande nous a surpris tous les trois et nous a neutralisés. Je n'ai jamais revu mes deux compagnons, ayant été dix minutes plus tard remis aux mains de la Gestapo pour interrogatoire. Mon statut d'officier britannique ne m'a pas protégé des tortures courantes, auxquelles je n'ai pas cédé, mais m'a au moins évité d'être exécuté. »

Combes lut et relut cette page, tellement muette sur les émotions alors ressenties par ces trois guerriers, isolés dans leur piège, à l'affût des bruits extérieurs et des passages. Il essayait, comme ils l'avaient sans doute fait eux-mêmes après leur arrestation, d'établir la part de hasard qui les avait condamnés, ou de deviner les noms de ceux qui les avaient trahis. Huchon et Jacquinot avaient-ils incriminé leur camarade Coutaux, qui connaissait leur présence à Masclès et savait qu'ils y resteraient jusqu'à la problématique arrivée de Roger et de ses compagnies ? Quant à O'Shaffy, ce qu'il avait raconté dans le bureau de Tournayre quelques jours plus tôt prouvait qu'il avait conclu à la trahison du partisan de Justin ou de Justin lui-même. Peut-être, bien qu'il n'en ait pas fait état dans son compte rendu, les Allemands eux-mêmes s'étaient-ils vantés devant lui de l'origine de leurs renseignements.

Les souvenirs de cet été 1944, qu'il avait passé à Villeneuve-d'Aveyron sous les ordres du chef Martellat, alors qu'il n'était qu'un simple gendarme du rang[1], rappelaient à Combes combien les différentes factions en présence avaient eu de mal à s'entendre sur les termes d'un modus vivendi hargneux, sans cesse envenimé par des raisons politiques. Il se disait que le voisinage autour de Decazeville de maquis « d'obédiences opposées », comme l'avait diplomatiquement écrit le secrétaire de préfecture, pouvait accréditer toutes les hypothèses.

Pensivement, il remit avec les précédents feuillets les dernières pages d'O'Shaffy et

1. Voir *Un sombre été à Chaluzac, op. cit.*

referma le classeur. Le regard plein d'interrogations, il scruta les visages anonymes alignés sur la photo devant lui, cherchant à se persuader qu'un de ces personnages au moins détenait une clef de son problème. C'est alors que la question posée par le capitaine en quittant la chambre de l'hôtel du Plateau lui revint en mémoire : comment O'Shaffy pouvait-il avoir un tirage de cette photo ?

Il n'avait que deux réponses possibles. L'une était que le Britannique l'avait toujours eue en sa possession depuis vingt-quatre ans, ce que l'arrestation, la fouille et l'emprisonnement de l'intéressé rendaient proprement incroyable. L'autre supposait qu'au cours des années l'ancien lieutenant Guillaume, enquêtant depuis l'Angleterre, avait retrouvé la trace d'un de ses compagnons français, qui lui avait envoyé ces portraits de camarades du maquis. Quand Gautier avait dit, il y avait quelques heures à peine, que tous les survivants de Vaillance avaient cru à la mort de Guillaume, il fallait donc admettre qu'il se trompait ; l'expéditeur de la photo le savait vivant. Peut-être était-ce Gautier lui-même ? D'où le trouble qui l'avait saisi quand le nom d'O'Shaffy avait été prononcé ?

Combes, la tête lourde, se promit de cuisiner de beaucoup plus près le lendemain matin le capitaine Hervieux. Invalide ou pas, celui qui avait su remplacer au pied levé son commandant tombé dans les mains de l'ennemi devait être homme à comprendre que la vérité totale était la seule voie digne de lui.

En se mettant au lit, le dos tourné à sa fenêtre ouverte pour résister à l'envie de regarder de loin les toits du centre médical, Combes chassa brutalement une dernière pensée… Hervieux ne cacherait rien, sauf s'il était coupable de la mort de l'Angliche ! Il se sentit furieux contre lui-même de soupçonner ainsi n'importe qui. Parce qu'il courait dans le noir à la poursuite de fantômes.

10

– Ne jetez pas votre couverture dans l'herbe mouillée ! cria aigrement Louise Courassous. C'est pas Dieu possible d'être aussi contrariant ! Chaque fois que je vous installe dans le jardin au soleil, vous vous arrangez pour attraper froid aux jambes, et après, qui c'est qui doit préparer une bouillotte ou vous faire un massage ? Ah, je vous jure !

– Oh, Louise, cesse de rouspéter sans arrêt. Apporte-nous plutôt un bol de ton café bien chaud, riposta sur un ton gaillard l'invalide assis dans un fauteuil roulant sur les graviers de l'allée. Je crois qu'il retapera notre ami après sa promenade aux aurores depuis Rodez !

– Si c'est un vrai gendarme, ronchonna la vieille gouvernante, que ses rhumatismes faisaient claudiquer, il ferait pas mal de vous faire obéir un peu !

Lourde silhouette en caraco, longue jupe de gros drap et tablier, elle disparut derrière le coin d'une élégante maison de notable, que la vigne vierge de l'année commençait à recouvrir, du sol à la bordure du toit pentu d'ardoises grises.

Les persiennes des cinq fenêtres de l'étage, comme celles des trois portes-fenêtres du rez-de-chaussée, étaient peintes de frais d'un jaune particulièrement acidulé, qui en disait long sur l'esprit anticonformiste du propriétaire. Coincée entre le boulevard de Guizard et le cours du Lot, à l'entrée sud-est d'Espalion, la propriété de monsieur Hervieux, qu'il tenait d'une longue famille de médecins, se limitait à cette grande maison. Elle tournait le dos au paysage des contreforts de l'Aubrac, dans le nord-est, pour s'ouvrir sur une étroite prairie fleurie de pivoines entrouvertes, bordant la rivière. De l'autre côté de l'eau, un bouquet d'arbres cachait à demi le grès rose d'un vieil édifice roman. Si l'on se fiait aux pancartes installées par le syndicat d'initiative dans un rayon de dix kilomètres, il s'agissait de l'église de Perse dédiée à saint Hilarion, confesseur de Charlemagne décapité par les Sarrasins.

De son fauteuil, l'invalide tendit un bras triomphant vers la prairie.

– Nous avons de la chance, dit-il. Ce soleil est une bénédiction.

De la chaise de jardin métallique sur laquelle il était assis, Combes étudia son témoin du jour. Sans pouvoir s'empêcher de sourire, tant la bonne humeur d'Hervieux paraissait communicative. Depuis la guerre, l'absence obligatoire d'activité physique ne l'avait sûrement pas contraint à renoncer aux plaisirs de la table ; débordant d'un caban au col relevé, son torse trop large, trop gras, paraissait coincé de force entre les accoudoirs de son véhicule. Du col entrouvert d'une chemise de laine avait peine à sortir un double menton aux couleurs inquiétantes pour n'importe quel cardiologue. Bizarrement, le visage était resté affûté, lèvres pleines mais mobiles, nez busqué marqué déjà d'un coup de soleil, yeux gris vifs et rieurs sous des sourcils d'or pâle. L'âge avait tanné les joues plates et ciré de brun un front qu'une demi-calvitie faisait monter jusqu'en haut du crâne. Assis là au soleil, la lèvre luisante de satisfaction gourmande, les pommettes griffées d'innombrables rides de plaisir, il avait l'air d'un prieur podagre installé par ses moines dans le verger de son abbaye.

Apparemment, bien que la surprise du retour et de la mort d'O'Shaffy n'en soit plus une pour lui, ainsi qu'en faisait foi un exemplaire de *La Dépêche de Toulouse* plié sur ses genoux, il avait accueilli l'adjudant-chef de gendarmerie sans aucune gêne. Il avait salué l'apparition de ce petit homme en uniforme, guidé jusqu'au jardin par sa gouvernante, avec une exclamation joyeuse :

– Je suis sacrément content de vous connaître enfin, mon adjudant-chef ! Depuis le temps que j'entends mon ami Tournayre vanter vos mérites ! Dommage que ce soit à cause de cette sinistre histoire !

Sa poignée de main avait été chaleureuse, comme entêté son refus de s'entendre appeler « capitaine ».

– N'exagérons pas, avait-il plaisanté. J'ai été militaire six ans, de ma formation d'EOR en 39 à mon séjour à l'hôpital en 44. C'est suffisant pour en mettre plein la vue des civils, mais pas pour être à l'aise avec un vrai guerrier comme vous, à en juger par votre barrette de décorations. Je vois que vous avez fait une brillante guerre d'Indochine ?

Combes avait eu besoin de quelques minutes pour se débarrasser de l'impression qu'Hervieux avait cherché à le manipuler, d'abord en faisant état de son amitié avec Tournayre, ensuite en le félicitant pour son passé de soldat. Il fut sur le point de dire à l'invalide qu'il ne venait pas à Espalion avec les meilleures intentions et qu'il entendait aller au fond des choses. Mais son hôte lui coupa la parole.

– Attendons pour discuter de notre affaire que Louise nous ait apporté notre casse-croûte. Nous aurons tout le temps ensuite. De toute façon, il n'est pas question que vous refusiez de déjeuner avec moi à la fortune du pot avant de repartir à Rodez. Je serai vraiment content de faire un repas avec un compagnon que j'aurai plaisir à écouter. D'habitude, je déjeune seul, sous la surveillance étroite de ma gouvernante acariâtre, comme un pensionnaire puni au collège, alors vous comprendrez que je vous embrigade.

Louise était revenue avec un plateau chargé d'une cafetière fumante, d'une bouteille de cahors, d'un saucisson, d'une demi-miche de pain, d'une motte de beurre, de deux parts de tarte aux pommes, de gros bols de faïence et de verres ; puis repartie presque joyeuse avec des ordres détaillés pour le repas de midi. Plus rien ne permettait à Hervieux de repousser encore une conversation sérieuse.

Les coudes aux genoux, Combes se pencha vers son hôte dont il commençait à trouver l'hospitalité encombrante, et n'eut aucune peine à se montrer froid, presque sévère.

– Monsieur Hervieux, je ne voudrais pas que vous considériez notre conversation comme l'occasion de raconter votre aventure de maquis avec nostalgie, ni de prendre systématiquement la défense de vos anciens compagnons. Notre enquête nous a déjà fourni quelques avancées et j'ai quelques questions bien précises à vous poser.

Le sourire n'avait pas quitté les yeux de l'invalide, mais ses mains se plaquèrent sur les accoudoirs de son fauteuil.

– Je comprends parfaitement, dit-il seulement.

– Alors, je voudrais être certain que vous avez cru, mettons il y a quelques semaines encore, que vos camarades arrêtés en juillet 1944, le commandant Roger et les trois habitants de Conques d'une part,

O'Shaffy, Huchon et Jacquinot d'autre part, étaient morts ou avaient été exécutés.

– Pour ce qui est du commandant et des Conquois, j'en ai été sûr trois jours après leur arrestation ; ils ont été fusillés sur le bord de la route de Decazeville à Aurillac, près du village de Maurs. Nous avons été prévenus alors que nous étions bivouaqués à côté de Villecomtal.

Il hésita avant de continuer :

– Pour les trois autres, ceux de la grange de Masclès, nous avons longtemps manqué de certitudes. Le premier dont nous avons eu des nouvelles a été Huchon, quand il est revenu de Mauthausen. Je l'ai alors rencontré et il m'a longuement raconté son aventure. Bien qu'il ait été torturé, je l'ai trouvé particulièrement décidé à tourner la page. Il souhaitait oublier et penser à l'avenir.

– Torturé ? Comment ?

– Il a été rossé à la schlague et on lui a arraché les ongles. Ça donnait d'assez vilaines cicatrices.

– Croyez-vous, demanda Combes doucement, que Huchon aurait pu donner aux Allemands des renseignements précis sur les déplacements du commandant Roger et sur ses liaisons à Conques ?

Cette fois Hervieux ne souriait plus. Il se raidit sur son fauteuil et grimaça assez sinistrement.

– Vous savez beaucoup de choses sur Vaillance, d'après votre première question ; mais peut-être pas qu'Huchon avait servi sous les ordres de Roger en 40, et qu'il avait réussi à éviter la captivité grâce au sacrifice de son capitaine d'alors. Sous des dehors un peu ours, Huchon est un exemple de fidélité et de loyauté. Je suis persuadé qu'il n'a en aucune façon trahi le commandant, dont il était d'ailleurs parent. Je ne suis même pas certain que les Allemands l'aient torturé dans le but d'en obtenir des renseignements. Ils commençaient à se sentir en pleine déroute dans notre Sud-Ouest ; tomber sur des maquisards était pour eux l'occasion de se redonner du courage, de se venger. L'affaire de Conques s'explique plutôt, à mon avis, par des bavardages inconsidérés d'un de nos trois civils.

Combes hocha la tête. Peu convaincu, mais comment conclure, dans un sens ou dans l'autre, sur des interrogatoires vieux de vingt-quatre ans dont il ne restait aucune trace ? Il s'était peu à peu persuadé que le motif du meurtre qu'il avait à élucider remontait à cette époque trouble et cruelle.

Il accrocha le regard d'Hervieux, grave et passionné, mais n'y trouva aucun voile de doute, ou même d'inquiétude.

– Je suis bien obligé de croire que votre analyse est valable. Huchon est-il resté dans la région, depuis son retour de captivité ?

– Parfaitement. Il s'est même marié. Il vit à Cransac, près de Decazeville, où il travaille. Dans les assurances, je crois.

– D'autres membres survivants de votre maquis le savent-ils ?

– La plupart de ceux que je n'ai pas perdus de vue sont au courant.

– Le lieutenant Gautier aussi ?

Hervieux respira profondément dans son fauteuil et leva les yeux au ciel, comme s'il était excédé d'avoir à reconnaître la stupidité du libraire :

– Je suis au regret d'admettre qu'il le sait parfaitement. Après votre visite chez lui hier matin, il m'a avoué au téléphone qu'il ne vous avait pas parlé du retour d'Huchon de peur que vous n'accusiez celui-ci d'avoir vendu ses amis autrefois. Je l'ai averti que je rétablirais la vérité dès votre venue.

L'adjudant-chef accueillit cette protestation avec une moue si dubitative que l'invalide voulut se justifier encore. Combes ne le lui permit pas, soucieux de ne pas laisser l'initiative de l'entretien à un interlocuteur d'une autre classe et d'une autre maîtrise que le libraire de Conques. Il tenait à montrer qu'il ne lui ferait grâce d'aucun souvenir, ni d'aucune réflexion concernant le passé.

– Restons-en là à propos de monsieur Gautier. Pour le moment. Et pour en finir avec Huchon, guéri, marié, installé dans une nouvelle vie, estimez-vous possible qu'il ait tué il y a trois jours votre O'Shaffy revenu des ténèbres ?

– Pourquoi aurait-il fait ça ?

– Je vous le demande ! Il aurait pu être surpris de revoir en chair et en os celui qui l'avait entraîné malgré lui jusqu'à Masclès, à cause de qui il a été capturé, torturé et envoyé en Allemagne, et qu'il croyait mort.

Hervieux était peut-être très bon acteur. Peut-être aussi était-il parfaitement naturel quand il donna du poing sur son accoudoir, presque gaiement, l'air admiratif.

– Mon ami Tournayre n'exagérait pas en parlant de votre imagination et de votre entêtement à suivre la piste.

– Je vous en prie. Mon capitaine m'a affirmé que vous me parleriez sans détour. Je serais désolé de lui dire qu'il se trompait.

L'ancien maquisard cessa une seconde de sourire, comme s'il se demandait si la brutalité avec laquelle ce petit gendarme s'adressait à un notable, respecté pour son passé guerrier, était supportable. Il fronça les sourcils, fixa un instant les yeux de l'effronté qui ne les baissait pas et sembla admettre qu'il ne gagnerait rien à un affrontement. Il allait devoir abattre sa dernière ligne de défense. Comme s'il se ménageait une plage de réflexion, il tendit le bras avec effort jusqu'à la bouteille de cahors ouverte sur la table de jardin, à côté de son fauteuil, se servit un demi-verre de vin, puis, menton levé en invite silencieuse, tendit le flacon à son vis-à-vis. Combes refusa de la main. Hervieux soupira, toute envie de résistance éteinte.

– Je crois que mon ami Gautier n'a pas été assez clair quand il a mentionné qu'O'Shaffy et Huchon étaient inséparables au cours de leurs virées d'autrefois. Il ne vous a pas précisé que leurs sorties, en principe toujours pour les besoins du service, avaient le plus souvent pour but de rencontrer deux charmantes jeunes filles de la région, deux sœurs qui faisaient partie d'un maquis FTP basé entre Masclès et Cransac. Je sais que très vite notre Angliche est devenu amoureux fou de l'aînée, alors qu'Huchon courtisait la seconde. C'était devenu un secret de Polichinelle, même si nous ignorions le niveau atteint pas ces idylles. Je sais en tout cas que c'est celle qu'adorait O'Shaffy qui les a accueillis à Masclès le soir du 19 juillet. Huchon m'a raconté s'être discrètement isolé avec les deux sergents pour laisser son lieutenant avec sa chère et tendre. Il ne savait pas quand la belle avait rejoint son unité, mais m'a affirmé que Guillaume était revenu à la grange au petit matin du 20, pour expédier le sergent Coutaux à Bancarel avec un message et passer la journée et la nuit suivante, enfermé avec ses deux autres subordonnés, à attendre les compagnies de Vaillance, qui ne sont d'ailleurs pas parties. Les trois hommes étaient paraît-il de plus en plus énervés, Huchon et Jacquinot souhaitant revenir au bataillon, O'Shaffy décidant de laisser à Roger le temps de faire mouvement. Finalement, au petit jour du 21, la porte de la grange s'est ouverte sur une section d'Allemands qui les ont mis en joue. Le seul reproche que j'ai entendu de la bouche du sergent-chef portait sur l'entêtement de son patron à espérer la venue du commandant. Ça ne justifiait pas dans son esprit d'en tirer vengeance après un quart de siècle.

En écoutant ce récit de seconde main, Combes, tout en remarquant les quelques différences d'horaire entre les dires d'Huchon et le rapport d'O'Shaffy, s'était presque étonné de la concordance entre les deux histoires.

– Pour un peu, dit-il, je dirais que vous venez de me lire le chapitre « Masclès » du bulletin de l'amicale relatant un épisode de la geste de votre maquis.

– Je suis attristé que vous doutiez encore, mais personne n'a jamais contredit la version d'Huchon, que j'ai effectivement transcrite dans un bulletin de notre amicale. O'Shaffy lui-même m'a écrit pour me dire à quel point il avait été ému en revivant les longues heures de ce jour néfaste. J'ai sa lettre quelque part, dans un tiroir de mon bureau.

Malgré lui, Combes s'était mis debout d'un bond. Excité par la nouvelle, exaspéré qu'Hervieux la lui ait dissimulée si longtemps.

– Bon Dieu ! Vous avez le chic pour éviter de répondre aux questions qui vous gênent. Depuis quand savez-vous que notre assassiné avait survécu à la guerre ?

Cette fois, la sortie du gendarme, loin d'émouvoir l'invalide, paraissait l'avoir mis en joie. Il ne put retenir un gloussement, qu'il s'empressa quand même de faire pardonner.

– Je souris de votre raccourci, rien de plus. « L'assassiné qui survit », c'est amusant. En fait, voilà deux ans que j'ai reçu une première missive d'O'Shaffy, venue de Londres. Il disait avoir eu beaucoup de difficultés à retrouver ma trace et me demandait, pour entretenir ses souvenirs personnels, si j'avais une photo regroupant ses anciens camarades. J'ai fait faire une copie du meilleur tirage que j'avais sauvé, et la lui ai envoyée avec le fameux bulletin. Il m'en a remercié, comme je vous l'ai dit, et nos nouvelles relations se sont arrêtées là.

– Vous ignoriez qu'il était revenu en France la semaine dernière ?

– Comment l'aurais-je su ?

– Il aurait pu venir vous voir. Ou vous téléphoner de Rodez.

– Ecoutez, mon vieux, si vous êtes décidé à inventer n'importe quoi, allez jusqu'au bout. Pourquoi n'aurais-je pas assassiné ce garçon de mes mains avec l'aide de ma bonne Louise ! Ah, oui. Il aurait fallu que je loue le taxi du patelin pour aller jusqu'au parking de la mairie d'Aubin. Et que j'aie un mobile ! Vous prétendez qu'il recherchait le ou les traîtres qui l'avaient vendu aux Allemands ? Je me vois mal dans ce rôle.

Hervieux n'avait pas élevé la voix, mais le ton sur lequel il avait débité sa brutale contre-attaque était mordant. Assez pour déconcerter Combes, plus fâché que furieux que son impétuosité l'ait amené à poser des questions aussi maladroitement soupçonneuses.

– Je n'ai jamais envisagé cette éventualité, mon capitaine, affirma-t-il. Pardonnez-moi de m'être laissé entraîner.

Pour se donner une contenance, il se pencha vers sa sacoche de cuir qui béait sur le gravier et en retira le cadre trouvé la veille au soir dans la chambre de l'hôtel du Plateau. Machinalement, il passa une paume soigneuse sur le verre avant de poser le cadre sur les genoux de l'invalide. Manifestement, celui-ci reconnut la photo du premier coup d'œil. Il la saisit et la rapprocha de son visage comme s'il voulait scruter un à un les visages de ses anciens compagnons de jeunesse. Le perpétuel sourire, un peu attendri, était revenu sur ses lèvres. Toute colère apaisée, il leva la tête vers ce gendarme qui ne cessait pas de l'étonner.

– Nom d'un chien ! Comment avez-vous retrouvé ça ?

– O'Shaffy l'avait laissé dans un tiroir de sa chambre d'hôtel, à Rodez.

– Vous verrez l'original au mur de mon bureau, dit Hervieux. Si vous le voulez, je pourrais vous donner presque tous les noms de ces garçons. En attendant, servez-nous un coup à boire, il fait chaud. Après, si vous vous en sentez encore la force, vous me pousserez jusque dans la maison. Passé une certaine heure, je ne supporte plus le soleil ni le grand air ; mon immobilité me donne des complexes.

Tout au long d'une ligne de poteaux de bois reliés de fils de fer, auxquels s'agrippaient une dizaine de jeunes pommiers en espalier, Combes poussant, Hervieux aidant d'un coup de paume irrégulier sur les roues de son fauteuil, les deux hommes s'en allèrent vers le coin de la maison. Ils formaient un couple d'amis paisibles, à les regarder brièvement. En évitant de s'appesantir sur l'air renfermé du gendarme, qui se demandait ce que son hôte gardait encore secret, et sur l'air faussement béat de l'ancien maquisard, à qui les questions indiscrètes de son visiteur avaient ouvert des hypothèses auxquelles il n'avait pas pensé.

Quand ils disparurent au coin de l'allée qui menait à la cuisine, quatre gros merles effrontés vinrent sautiller sur le gravier, pour picorer les miettes de l'en-cas du matin, comme ils en avaient l'habitude les jours de beau temps.

Sur la route du retour, réfléchissant aux différentes révélations du patron de Vaillance, l'adjudant-chef essayait de classer ce qu'il savait maintenant des différents acteurs de son film.

O'Shaffy était autrefois amoureux passionné d'une inconnue. Questions : à quel point ? Etait-il payé de retour ? Avait-il passé avec elle la nuit du 19 au 20 juillet 1944 à Masclès ? Pourquoi avait-il besoin d'un nécessaire à ongles alors qu'il avait perdu les siens sous la torture ? D'après Hervieux, Guillaume ignorait qui avait survécu à la guerre. Il pouvait retrouver facilement Gautier, qui avait conservé le même patronyme, mais, à supposer qu'il le sût rentré d'un camp de concentration, il ne pouvait localiser Huchon, qui avait abandonné son pseudonyme de guerre.

Huchon, de son vrai nom Alain de Raviel, prétendument heureux dans sa nouvelle existence. Hervieux affirme ne pas l'avoir mis au courant de sa courte reprise de contact avec O'Shaffy. Questions : se souvient-il du nom de l'idole de Guillaume ? Peut-il la retrouver par l'intermédiaire de la jeune sœur qu'il courtisait autrefois ? Quels sont ses souvenirs sur les résistants du groupe commandé par le nommé Justin ?

Gautier ? A priori hors de soupçon dans le meurtre. Lui non plus n'a pas été averti du bref retour en scène d'O'Shaffy en 1966. Questions : a-t-il été contacté directement par son ancien compagnon de cantonnement, qui lui aurait fixé rendez-vous avant de — ou pour — se rendre à Aubin ? A-t-il eu et gardé des relations avec les deux femmes apparues dans l'histoire ?

Jacquinot n'avait tenu qu'un rôle épisodique. Huchon avait affirmé à Hervieux que le sergent avait été fusillé le soir du 21 juillet au cours d'une tentative d'évasion.

Justin, et ses deux femmes partisans. Si l'on en croyait ce qu'avait donné O'Shaffy comme but à son voyage en Aveyron, ces trois-là devaient être très proches de ceux qu'il accusait de collusion avec les Allemands. Questions : quels étaient leurs patronymes, où les situer ?

Parvenu à ce dernier article de sa liste, alors qu'il arrivait à quelques kilomètres de Rodez, dont la haute ville dessinait sa silhouette massive et épineuse sur un fond de nuages blancs, Combes envisagea d'étudier aussi le personnage d'Hervieux. Il ricana derrière son volant à l'idée de ce que le capitaine Tournayre considérerait certainement comme une irrévérence. L'invalide d'Espalion devait être catalogué dans le département comme personnalité respectable, respectée, insoupçonnable et intouchable.

Ceci admis, qu'y avait-il à ajouter à ce tableau ? Qu'Hervieux vivait confortablement dans une maison de famille, premier — et dernier — descendant d'une lignée de médecins de province à avoir délaissé le métier, maigrement riche d'une pension d'invalidité très méritée et des revenus d'une ferme à moutons sur le causse de Séverac. Question, celle-là lancinante : pourquoi, au reçu des missives de Londres, signées d'O'Shaffy, qu'il avait, comme annoncé, montrées à Combes avant le déjeuner, avait-il choisi de ne dire à aucun de ses anciens compagnons que leur lieutenant britannique venait de donner signe de vie ? Une deuxième question trottait dans la tête de Combes quand il tourna dans l'avenue du Maréchal-Joffre. S'il était difficile de rendre Hervieux matériellement coupable d'un meurtre, à supposer qu'il ait eu le motif d'en commettre un, pourquoi ses qualités de meneur d'hommes et son esprit organisé ne lui auraient-ils pas permis de tenir le rôle du metteur en scène ?

11

Le docteur Lebensschmidenfels avait, Jéhovah savait pourquoi, passé plus de quarante ans à exercer à Rodez ses talents de guérisseur. Il avait commencé pendant les vacances de 1927 par un poste de suppléant du professeur Rivière, qui faisait la pluie et le beau temps dans le traitement des affections de la bourgeoisie ruthénoise. Plus Edouard Rivière avait pris de la bouteille et perdu son tonus, plus Lebensschmidenfels, que la gentry locale n'appelait plus que docteur Lebens, avait conforté son aura de diagnostiqueur miracle et d'adroit combattant de microbes. Avant-guerre, il avait ainsi, paraît-il, guéri fort discrètement d'une maladie honteuse le commissaire de police, avant d'oser couvrir de sa responsabilité une affaire d'euthanasie qui avait endeuillé à trois reprises une famille de tabellions de la province. Ces services rendus avaient trouvé une juste récompense pendant l'Occupation : le docteur Lebens s'était subitement nommé Michels, anagramme raccourcie de son patronyme originel, et s'était endormi dans les fonctions de médecin du travail, chargé de déclarer bon pour le service outre-Rhin tel ou tel des jeunes Aveyronnais renâclant à partir au maquis. Il faut croire qu'il n'avait suscité aucune haine tenace au cours de cette difficile période. En tout cas, depuis 1956, sur sa demande, le docteur Lebensfels avait obtenu le poste de médecin légiste officiel auprès du tribunal de grande instance de Rodez.

Le capitaine Tournayre, qui avait malheureusement à faire avec lui dans ces fonctions, l'avait vite considéré comme un ami sûr, puis, en quelques mois, comme un ami capable de négligences. S'entendre expliquer que ces erreurs étaient dues au surmenage l'avait irrité sans qu'il le montrât ; il en était arrivé au point où il eût insulté publiquement ce « crétin de Lebensfels » pour un certificat laxiste ou une autopsie bâclée.

Ce qui était le cas en ce beau matin d'avril. L'homme de l'art, qu'une romance, tout à fait incongrue pour son âge, entretenait dans des afféteries de godelureau, était en train de vérifier l'horizontalité de sa perruque et la teinture de sa moustache devant un miroir de poche, quand le capitaine de gendarmerie fit irruption dans son bureau. Comme chaque fois qu'il était là, Tournayre plissa le nez, se disant agressé par l'odeur du formol. Le rite voulait qu'ensuite il allât à bout portant admirer ce qu'il appelait la « moumoute du toubib ». Cette fois-ci, il sauta cette étape.

– Dites donc, Lebensfels, avez-vous toujours notre ami britannique dans vos tiroirs ?

– Ma foi, j'ai fini mon travail, mais vous n'avez pas fini le vôtre. Ce malheureux n'est donc pas encore prêt pour ses funérailles.

– Vous prétendez avoir fini votre travail ?

Le légiste, malgré son habituel détachement, crut remarquer une certaine agressivité chez son visiteur. Prudent, il attendit des éclaircissements.

– Vous vous êtes contenté de découvrir, sans beaucoup de mal, ce qui avait causé la mort de votre patient. Mais vous n'avez pas *examiné* votre patient. Oreilles, yeux, nez, pieds, mains, squelette, muscles, cicatrices, digestion, viscères, *et cætera*.

– Voyons, mon capitaine, voulut argumenter Lebensfels, je n'avais pas à vous établir un portrait biologique complet du sujet. Vous m'avez demandé comment il était mort, vers quelle heure et ce qui lui était arrivé dans la soirée précédant sa mort. Je vous ai donné les réponses.

– Et vous n'avez même pas tiqué sur l'aspect de ses mains ?

– Vous m'avez dit vous-même qu'on lui avait arraché les ongles. Je n'allais pas contrôler l'excellence du travail fait par ses bourreaux !

Tournayre dominait d'une tête le vieux docteur en blouse blanche. Il se pencha pour le regarder dans le blanc de l'œil.

– Si vous ne voulez pas que toute la ville soit au courant de votre manque de conscience professionnelle, menaça-t-il, vous allez sur-le-champ prendre un scalpel, faire ressortir du frigo le nommé O'Shaffy, examiner de près les marques de torture de ses doigts et me faire analyser les restes de son dernier repas, s'il n'est pas trop tard.

– Vous n'avez pas à me parler sur ce ton, s'insurgea le légiste. Envoyez-moi une liste de vos desiderata concernant le cadavre que vous m'avez fait remettre avant-hier matin, et j'étudierai les suites à donner à vos demandes.

Le capitaine ricana. Ses sourcils froncés, ses yeux pleins de fureur, son teint apoplectique et sa moustache en tempête contrastaient avec la délicatesse qu'il mit à saisir entre le pouce et l'index les revers de la blouse de Lebensfels.

– Ecoutez bien, vieille ganache, souffla-t-il, je vous parle sur le ton qui me plaît. Ou vous faites immédiatement devant moi ce que je viens de vous ordonner, ou je vous fais foutre à la porte, aussi vrai que je m'appelle Tournayre !

Quand il ressortit de la morgue, une heure plus tard, il n'était pas spécialement fier de lui. Ni réconcilié avec la nature humaine ; le légiste était un paresseux et un incapable, lui-même s'était fait prendre au piège d'une tromperie grossière qui avait misé sur sa sensiblerie, et le sieur O'Shaffy, le diable ait son âme, avait usurpé le statut somme toute honorifique de torturé par les nazis. Chacun de ses dix ongles en excellent état était recouvert d'une fine peau de caoutchouc collée, colorée et boursouflée comme une hideuse marque de supplice, qui avait cédé sous le scalpel. Dans l'esprit de Tournayre, la conclusion était aveuglante ; l'homme qui s'était présenté dans son bureau cinq jours auparavant était un escroc. Ou il n'était pas O'Shaffy et toutes les suppositions étaient envisageables, y compris celle d'une affaire concoctée par les Services britanniques qu'avait évoquée Combes. Ou il était bien O'Shaffy, qui s'était fabriqué à bon compte une auréole de guerrier sans peur pour… Tournayre s'arrêta tout net sur le trottoir. Pour ? Pour se faire plaindre ? Pour se faire adopter ? Pour tromper qui ? Piqué sur le bord du pavé, le capitaine se rendit compte qu'il était incapable de répondre. Il se rendit compte aussi que cela ne changeait rien à la plus importante de toutes les questions : Qui avait tué le major William Harold O'Shaffy ou celui qui avait joué ce rôle ?

12

L'après-midi était relativement avancé quand Joseph Combes se présenta au centre médical. L'algarade qui l'avait opposé au médecin chargé de soigner Claire, la dernière fois qu'il était venu, le disposait plutôt à casser des vitres qu'aux ronds de jambe. Les efforts de Tournayre avaient à peine éteint son ressentiment. Aussi s'engagea-t-il dans le long couloir du premier étage, au bout duquel se trouvait la chambre de sa femme, d'un pas martial qui sonnait sur le carrelage de façon inhabituelle aux oreilles du personnel soignant. D'une porte vitrée, surmontée d'une pancarte signalant le bureau de l'infirmière de permanence, jaillit une quinquagénaire grande et maigre en blouse blanche qu'il ne connaissait pas. Des yeux courroucés, derrière des lunettes sans monture, le fusillèrent, comme si cet homme en uniforme débarquait dans ce temple du silence pour y exécuter quelques malades. Bizarrement, alors que cette apparition eût dû raviver la hargne de Combes, tout autant que les protestations que l'infirmière postillonnait d'une voix chuchotante de sacristain horrifié par un sacrilège commis dans son église, il fut subitement conscient de l'aspect comique de son adversaire. Comme s'il s'attendait à l'entendre proclamer : « Il faudra me passer sur le corps ! », il s'arrêta net et éclata d'un rire nerveux.

– Rassurez-vous, chère madame, dit-il, je ne viens pas pour vous faire violence, défoncer les portes ou passer les menottes à quelqu'un. Je voudrais seulement savoir comment se porte ma femme aujourd'hui.

– Le docteur Touloupe a formellement interdit que vous la voyiez, cracha la colérique chatte en blanc.

Elle avait l'air satisfait d'une féministe triomphante qui se sentait armée pour détruire le moral d'un homme. Combes puisa dans ses souvenirs guerriers la seule stratégie capable d'assouplir le caractère d'une infirmière-chef : une soumission pleine et entière, accompagnée d'un zeste de flatterie imperceptible :

– Je l'ai très bien compris, et j'espère que le docteur voudra bien me pardonner mes excès de langage d'hier matin. Je sais que mon impatience était coupable, et que monsieur Touloupe et vous faites le maximum pour ma pauvre Claire. Je suis sûr que vous accepterez de me tranquilliser de temps en temps, quand je viendrai aux nouvelles.

Il ne s'était pas beaucoup forcé pour avoir l'air angoissé. Le menton haut et le regard filtrant à travers ses verres, le dragon daigna éteindre le feu de ses yeux et de sa voix. Dominant d'une tête cet époux malheureux qui quémandait sa pitié, elle laissa tomber avec un mépris évident :

– Il est temps en effet que vous vous rendiez compte de votre responsabilité dans l'état de votre femme. La violence que vous avez manifestée devant elle a certainement contribué à troubler son esprit. Vous serez tenu au courant des progrès de notre patiente. Au revoir, monsieur.

Le demi-tour qu'elle effectua sur ses semelles caoutchoutées était presque aussi parfait que ceux que Combes exécutait en sortant du bureau de son capitaine. En la regardant disparaître dans son antre à mi-couloir, il l'accompagna d'une insulte mâchonnée entre ses dents qu'elle n'entendit heureusement pas. Dans le silence retrouvé, il lui fallut une longue minute pour digérer ce nouveau contretemps et comprendre enfin que l'avenir du couple qu'il avait formé avec Claire ne dépendait plus de lui. En descendant l'escalier sonore, le képi enfoncé jusqu'aux yeux, il était atterré et se sentait misérable.

Dans l'état d'esprit où il se trouvait, à peine se rendit-il compte qu'il redescendait vers les bâtiments de la gendarmerie. Le ciel était resté aussi idéalement bleu qu'à Espalion, et les plantations du foirail en face des Archives départementales s'égayaient, à chaque rameau, de bouquets de jeunes feuilles d'un vert tendre. Comme s'ils avaient senti que le printemps s'installait pour de bon, les piétons, plus nombreux que d'habitude, souriaient aux anges. Ceux qui croisaient un sous-officier de gendarmerie aux allures de zombie, un instant impressionnés par l'air hagard qu'il arborait, oubliaient quelques pas plus loin qu'ils venaient de rencontrer un habitant d'une autre planète.

Seul le gendarme de service à l'entrée de l'état-major ne se montra pas sensible au charme du printemps. L'accent rocailleux et le salut impeccable, il arrêta l'adjudant-chef et le prévint que le capitaine l'avait convoqué à son bureau.

– D'urgence, ajouta le planton. Voilà au moins une demi-heure !

Ces précisions, auxquelles les sourcils froncés de Tournayre ajoutaient une touche de catastrophisme, transportèrent Combes de son désert pire que Gobi dans le marécage de l'affaire O'Shaffy.

– Vous venez de l'hôpital, évidemment ! dit le capitaine.

– Rien de nouveau.

– Vous ne deviez pas y retourner sans nouvelle convocation.

– Cette fois, j'ai compris. Je n'irai plus là-bas s'ils ne me font pas revenir de force.

– De la bagarre ?

– Même pas. Une infirmière-chef et une porte fermée.

La moue de Combes, désolée et dégoûtée, valait toutes les explications. Tournayre le regarda en hochant la tête.

– Votre promenade à Espalion a-t-elle au moins été fructueuse ?

Combes raconta sa matinée chez Hervieux ; il dit les questions posées, les réponses de l'invalide, les atermoiements du témoin, ses révélations concernant le retour d'Huchon, les lettres d'Angleterre écrites par O'Shaffy, les histoires d'amour des deux cadres de Vaillance avec des proches du maquis FTP de Justin. Il retraça les détails de la nuit de Masclès, tels que les avait rapportés Huchon et tels qu'il les avait lus dans le compte rendu du Britannique la veille au soir. Il ne cacha rien des réflexions auxquelles il s'était livré pendant la route du retour ; ni même de ses doutes concernant le rôle d'Hervieux.

– Ma foi ! convint Tournayre, tout est possible. Surtout si ce digne représentant de la Résistance a appris ce que je sais depuis ce matin.

Il fut déçu de l'absence de surprise dans la réaction de l'adjudant-chef quand il lui narra sans effet dramatique sa prise de bec avec le légiste et le subterfuge des fausses cicatrices collées aux doigts du cadavre.

– Enfin, Combes ! Réfléchissez ! Si Hervieux a appris que leur ancien camarade a menti sur les tortures qui lui auraient été infligées, il peut très bien avoir estimé qu'il était coupable de la dénonciation de Roger. Il vous a avoué avoir reçu deux lettres d'Angleterre. Il peut vous avoir caché les suivantes, qui annonçaient le retour d'O'Shaffy en France. Il aurait alors monté sa toile pour attirer son gibier où il le voulait et le faire abattre par quelques-uns de ses anciens. Non ?

– Ce qui me gêne, dit Combes, c'est que votre ami Hervieux savait parfaitement que notre cadavre n'avait pas été torturé. Dans sa lettre de reprise de contact, le lieutenant Guillaume affirme à l'ancien capitaine qu'il n'a pas été torturé. Hervieux ne paraissait entretenir aucun doute sur la loyauté de son Angliche. Par contre le nommé Huchon a bien eu les ongles arrachés, lui.

– Croyez-vous qu'O'Shaffy avait cherché à nous orienter sur celui-là ?

– Peut-être pas. Mais je pense qu'il devait savoir, grâce au récit publié par Hervieux dans son bulletin de l'amicale, que son compagnon de sorties était revenu vivant de la guerre ; il voulait lui inspirer confiance s'il le rencontrait dans la région. Ses pseudo-cicatrices étaient une manière adroite d'y parvenir.

Le capitaine, les coudes posés sur son bureau et le menton dans les mains, faisait grise mine, comme si les chatoiements du raisonnement de son adjudant-chef lui semblaient difficiles à suivre. Combes avait toujours apporté des solutions brillantes aux affaires qui lui avaient été soumises, mais c'était la première fois qu'il assistait en continu aux errances, aux tâtonnements et aux intuitions de son limier. Il se disait qu'il n'était pas de la même école. Aux devinettes, il préférait les preuves bien tangibles et la rigueur du règlement aux supputations psychologiques. Reste que le succès couronnait beaucoup plus souvent les devins que les besogneux.

– Si vous le dites ! soupira-t-il en se souvenant qu'il avait donné les pleins pouvoirs à Combes. Puis-je vous suggérer d'aller au Plateau voir ce qu'ont trouvé les deux hommes que j'ai chargés d'une perquisition en règle dans la chambre que nous avons fouillée sommairement hier soir ?

– Bien sûr. Il y restait certainement bien des choses à découvrir. En tout cas, dès demain, je vais essayer de rencontrer monsieur Huchon dans son fief de Cransac. Hervieux m'a donné ses coordonnées. Ou je me trompe complètement, ou cet Alain de Raviel, puisque c'est son véritable nom, pourra m'éclairer sur la personnalité complexe de notre Britannique.

– J'ai du travail jusqu'aux yeux, s'excusa Tournayre, je ne pourrai pas vous accompagner. Mais tenez-moi au courant. Il va falloir que je fournisse quelques explications à la préfecture.

La réceptionniste de l'hôtel du Plateau, lointaine cousine du couple qui dirigeait l'établissement, devait avoir reçu des consignes concernant les intrusions de plus en plus fréquentes de la maréchaussée. Sa stricte robe bleu marine correspondait au standing de la maison, orienté sur le bon genre et le respect des traditions. Mademoiselle Armande avait en outre estimé que la coupe blousante du corsage, le col Claudine d'un blanc immaculé et les trois boutons de corozo couleur lapis-lazuli qui soulignaient ses poignets ajoutaient une touche de modernisme « bon chic » à sa silhouette de femme aux clefs d'or. Elle avait indéniablement de l'allure dans sa maigreur et savait afficher sur une physionomie ingrate et peu maquillée cet air de mépris distingué que le personnel des hôtels cotés réserve souvent aux clients timides, aux commissionnaires et aux quémandeurs jugés de basse caste.

L'entrée de Combes dans le hall de l'hôtel déclencha dans son esprit tous les signaux d'alerte. C'était le troisième porteur d'uniforme qui se montrait ce jour-là, ce qui fait toujours mauvais effet sur la clientèle ; les scellés interdisant la location de la chambre n° 14 ne permettaient pas de faire face à une arrivée inattendue de voyageurs ; le nouveau venu en képi traversait le hall encombré en direction de l'escalier sans avoir l'air de faire un crochet vers le comptoir de la réception. Elle s'indigna de cette arrogance et leva une main stylée.

– Gendarme ! S'il vous plaît !

Un silence attentif musela instantanément les spectateurs en attente de clef ou de femme de chambre pour monter leurs valises. Sur la première marche de l'escalier, Combes s'arrêta et tourna la tête vers l'aboyeuse.

– Approchez, reprit-elle. J'ai quelque chose à vous dire.

L'apparente docilité avec laquelle il obéit pour se planter devant elle renforça son sentiment de supériorité. L'œil sévère et la voix sèche, elle ouvrit les hostilités.

– Vos deux camarades sont partis depuis plus d'une heure. Vous pourriez accorder vos violons et venir tous ensemble, si c'est indispensable. Et, à tant faire, dites à votre chef que nous avons besoin de la chambre que vous immobilisez. C'est tout.

Elle leva le menton, qu'elle avait étroit, et toisa le petit homme que son estrade lui permettait de dominer. Il avait enlevé son képi. Cette marque de politesse l'affermit dans la certitude qu'elle avait su le remettre à sa place.

Pendant que la réceptionniste avait distillé sa mercuriale, Combes n'avait montré qu'un visage impassible. Soudain, la ressemblance entre cette gardienne mal embouchée et l'infirmière-chef, qui l'avait rabroué deux heures plus tôt, lui parut insupportable. Il n'avait pas les nerfs en état de recevoir deux camouflets le même jour. Au moment où il allait exploser, il imagina les conséquences d'un nouvel esclandre. L'effort qu'il fit pour se contenir le rendit blanc de rage.

– Mademoiselle, dit-il d'une voix glacée qu'on devait entendre jusqu'aux étages, je pourrais considérer votre attitude comme une entrave à une enquête de police. Je préfère croire que vous exécutez les ordres de vos patrons, en employée fidèle. En ce cas dites-leur de *ma* part, car c'est moi le chef qui dirige cette enquête, que la chambre où a logé la victime de l'assassinat d'Aubin sera libérée quand je le jugerai bon.

Il rechaussa son képi sans changer de visage et repartit vers l'escalier. Entendre parler d'un crime dans lequel l'hôtel était plus ou moins impliqué avait considérablement refroidi les voyageurs en attente de logement. Derrière son comptoir, mademoiselle Armande était décomposée. Elle acheva de se liquéfier en entendant le gendarme l'interpeller du tournant de l'escalier, à mi-chemin du premier étage :

– Mademoiselle ! Oui, vous, à la réception ! J'ai quelques questions à poser à Marie Frayssou. Veuillez me l'envoyer à la chambre 14.

Le ton venimeux de mademoiselle Armande lui ordonnant de se rendre à la convocation de Combes avait poussé jusqu'à l'incarnat les joues roses de Marie Frayssou, qui avait la tête près du bonnet. Elle commençait à redouter, pour sa carrière dans l'hôtellerie, les suites de l'empressement qu'elle avait montré à se mêler de ce qui ne la regardait pas. Mais son caractère aventureux lui représentait qu'elle aurait peut-être une nouvelle chance de rencontrer son séduisant sous-officier. Le cœur battant, elle cogna à la porte du 14 aux côtés de laquelle, décollés, pendaient les rubans jaunes des scellés.

Elle bondit quand la porte s'ouvrit, tirée de l'intérieur. Son idole était devant elle, l'air un peu gourmé mais souriant, étincelant dans sa vareuse noire constellée de galons, d'insignes et de décorations. Cette fois, elle ne le raterait pas. Elle lui sauta au cou sans autre forme de travaux d'approche, noua ses bras solides de campagnarde autour de ses épaules, ferma les yeux et planta une bouche avide sur les lèvres fermées de son héros.

Fut-il surpris par l'impétuosité de l'assaut ? Etait-il ému par cette caresse dont il était privé depuis des semaines ? Les encouragements moqueurs de Tournayre la veille au soir avaient-ils insidieusement fait leur chemin dans sa tête ? Toujours est-il que Combes fut à deux doigts de succomber. Presque malgré lui, il referma ses bras dans le dos de la jeune fille, troublé par la chaleur vivante du corps pressé contre le sien, par les lèvres maladroites qui cherchaient à s'emparer de ses lèvres. Le sang qui battait dans ses tempes ne l'empêchait pas d'entendre le souffle bouleversé de Marie qui se mêlait au sien, pendant qu'elle le poussait vers le lit. Un instant, quand il sentit ses mollets buter contre le bord du matelas, il tenta de résister à cet élan de passion et prit Marie aux épaules pour l'éloigner à bout de bras. Il n'avait pas encore clairement conscience de ce qui lui arrivait ; tout en étant persuadé qu'il n'était pour rien dans cet enchaînement de gestes, d'étreintes, de frôlements, il ne parvenait pas à s'arracher aux mains crispées derrière sa nuque ni à repousser ce buste et ce ventre exigeants. Il réussit enfin à échapper à la bouche qui mangeait la sienne, le temps d'une grande goulée de respiration.

– Arrêtez, souffla-t-il. Vous êtes un peu trop jeune pour moi !

– J'ai passé dix-huit ans, s'entêta Marie en repartant à l'assaut. Et y a pas d'âge quand on aime !

Cette fois, Joseph était arc-bouté dans sa résolution, bras tendus, mains serrées à faire mal sur les bras solides sous le satin noir froissé.

– Allons, voulut-il calmer son assaillante, soyez raisonnable. Je pourrais être votre père !

Elle avait passé le stade de la tendresse gourmande, voulait à son tour convaincre, imposer, balayer cette résistance. De séductrice fiévreuse elle devenait acharnée, prête à user de n'importe quel argument.

– Tu ne serais pas le premier père qui couche avec sa fille, tu sais ! J'en connais plus d'un, dans mon village !

Cette fois, il la lâcha. Déçue, furieuse, elle avait perdu cette aura de fraîcheur sensuelle qui avait failli le faire trébucher. Bras retombés le long du corps, dépeignée par l'ardeur de son assaut, elle avança la tête et le regarda intensément. A bout portant, il vit en quelques secondes se déliter ce visage que la passion avait encore rosi. Sourcils remontés, commissures des lèvres basses, menton tremblant, elle éclata en sanglots hoquetants, comme l'adolescente qu'elle était encore, désespérée de n'être pas encore une femme. Elle se plaignit, d'une petite voix blessée :

– Pourquoi vous ne voulez pas m'aimer ?

– Parce que je suis marié, et que j'aime ma femme qui est en ce moment gravement malade à l'hôpital. Et aussi parce que je suis gendarme, en service, et qu'un enquêteur ne doit pas avoir de relations sentimentales avec un témoin, même très sympathique.

Elle s'était arrêtée de pleurer, aussi brutalement qu'elle avait commencé, et le fixait, sourcils froncés, les yeux pleins d'un mélange d'adoration, de tristesse et de colère.

– Oh vous ! Je pourrais vous tuer !

D'un geste enfantin et rageur, elle le poussa brutalement, des deux poings. Surpris, jambes bloquées par le bord du lit, il bascula et tomba assis sans avoir le temps de se retenir. Droit sur sa sacoche d'ordonnance qu'il avait jetée sur le matelas en arrivant dans la chambre. Un craquement sinistre les gela quelques secondes sur place.

– Qu'est-ce qui s'est passé ? chuchota Marie.

Combes, avachi sur le lit, débouclait fébrilement les courroies de sa sacoche. Le cadre contenant la photo de groupe trouvé la veille au soir s'était brisé et sa vitre cassée menaçait de quatre ou cinq aiguilles de verre.

– C'est une chance, la photo n'a pas souffert.

Il rit, nerveusement. Sa chute et cet intermède comique faisaient presque oublier l'assaut torride de son témoin. Elle s'approcha et se pencha au-dessus de lui pendant qu'il arrachait avec soin les éclats du cadre disjoint.

– Regardez, se passionna-t-elle. Il y a une autre photo sous la première. Sans moi, vous ne l'auriez pas trouvée !

Lentement, de peur de déchirer le papier qui paraissait nettement plus fragile que celui de l'épreuve fournie par Hervieux à O'Shaffy, Combes dégagea la deuxième photographie. De plus petit format, elle était visiblement un travail d'amateur. On y voyait six personnages debout et souriants. Trois hommes et trois femmes ; ou, plutôt, trois jeunes gens en chemise et pantalon de toile claire, tête nue et cheveux courts, et trois jeunes filles aux yeux rieurs et à la chevelure longue, aux bras minces et à la tournure sportive. Elles avaient toutes trois un air de famille qui suggérait une parenté certaine ; l'une d'elles, en pantalon et chemise de drap comme les garçons, était encadrée par deux d'entre eux qui la tenaient à la taille alors qu'elle avait passé les bras sur leurs épaules. Celui qui était à sa droite était grand, très brun, le regard sombre mais direct ; l'autre, à sa gauche, était indéniablement William Harold O'Shaffy, vingt-quatre ans auparavant.

– Oh ! dit Marie Frayssou, celui-là, c'est l'Anglais qui habitait ici.

Malgré les questions de Combes, elle ne reconnut aucun des autres visages figurant sur cette deuxième photo. Grâce à la longue inspection qu'il avait faite de la première, le matin, avec Hervieux, Combes mettait un nom sur le troisième homme du petit groupe. Entre deux filles en jupe large et légère, petit, râblé, le visage ingrat sous une tignasse drue, l'air solide, c'était celui qui figurait au deuxième rang du portrait de groupe de Vaillance et qu'Hervieux avait appelé Huchon.

13

La plus jeune des trois sœurs Walkzack, Valentina, était la seule de sa famille à être née en France, en 1927. Il y avait un an que son père Serge, sa mère Marie et ses deux aînées, Elizabeth et Andréa, étaient arrivés dans le bassin minier. Les mines de Cransac embauchaient alors à tout va, Espagnols, Russes ou Polonais qui immigraient en masse pour trouver du travail en Lorraine, dans le Nord ou dans l'Aveyron. En ces premiers jours de juillet 1944, où elle allait fêter son dix-septième anniversaire, Valentina aurait pu postuler pour le titre de reine de beauté locale. De larges yeux bleus rêveurs, « changeants comme le ciel », disaient ses soupirants, une carnation à peine rosée qui résistait depuis trois ans au salissant et dur travail de trieuse, et une flamboyante chevelure dorée, naturellement frisée, constituaient les atouts les plus efficaces de sa séduction. Pourtant, dans cette cité ouvrière où la sagesse des filles ou leur dévergondage faisaient marcher les langues, aucune commère n'avait encore rapporté à Marie Walkzack le moindre écho sur l'inconduite de sa benjamine.

Peut-être parce qu'on savait la mère soupe au lait et le père porté aux réactions brutales. Durs à la fatigue et aux privations, ils étaient réputés pour leur optimisme de fer qui les avait soutenus à travers la lente dégradation économique, malgré l'érosion continue des salaires. Le chômage était endémique, aussi bien à Cransac qu'à Aubin ou Decazeville, mais Serge et ses filles y avaient jusque-là échappé, soutenus par l'enthousiasme de leur race et leur solide foi chrétienne. La maison des Walkzack, d'où la politique était bannie, restait, malgré l'exiguïté de ses trois pièces, un havre de bonne humeur et de chaleur de vivre.

Les années de guerre avaient relativement peu troublé l'ambiance du bassin. Les vides créés chez les jeunes par les morts de 1940 et la captivité avaient été comblés avec l'arrivée de nombreux républicains espagnols, qui avaient tout juste modifié les pourcentages d'étrangers, désormais aussi nombreux que les Aveyronnais de souche.

L'occupation allemande s'était limitée à des gardiennages de points sensibles, usines électriques, dépôts, gares et installations minières. A Aubin, l'année d'avant, des détachements réduits avaient pris leurs quartiers dans une école, mais en étaient partis quelques semaines après. En somme, cette semi-discrétion avait duré de longs mois, et entretenu une atmosphère de calme sourcilleux.

Pourtant, depuis que la radio avait fait état du débarquement allié en Normandie, la Résistance se montrait plus active. Les jeunes hommes des mines avaient trouvé là un statut d'affectés spéciaux qui les sauvait du travail obligatoire en Allemagne ; maintenant, ils s'impatientaient. Chaque semaine, depuis le mois de juin, un pylône était abattu, une usine de production sabotée, un collaborateur notoire exécuté, une ligne à haute tension coupée, voire un officier allemand assassiné en pleine rue.

C'est alors que la mauvaise fortune commença à prendre pied chez les Walkzack. Par la faute d'Elizabeth, l'aînée des trois filles qui approchait de ses vingt et un ans. Moins séraphique que Valentina, elle s'était endurcie, durant sept ans de travail au tri et au chargement des wagonnets, au contact de femmes aigries et mal embouchées, qui ne manquaient ni une manifestation, ni une tentative de grève, ni une beuverie. Peut-être eût-elle fini par ressembler à ces viragos si son sourire éclatant et sa plastique sans défaut n'avaient intéressé un célibataire, de dix ans plus âgé qu'elle, qui avait pour lui d'être chef d'équipe et beau garçon. L'attention qu'il lui portait n'avait pas échappé à la belle, d'autant que ses compagnes de travail, toujours à l'affût des mâles qu'elles estimaient avec la crudité d'éleveurs de bétail, soulignaient chacune des apparitions du chef mineur de ricanements admiratifs ou jaloux.

– Dis donc, Zabeth ! T'as-t'y vu ton chéri qui te lorgne ?

– Eh ! La Polak, tu devrais lui faire signe qu'il s'approche un peu. Moi, je suis prête à faire joujou si toi tu veux rester sage !

– Méfie-toi d'un type qui se contente de regarder ! C'est p't-être qu'il a pas c'qu'il faut pour faire aut'chose !

Elizabeth avait eu l'intelligence de ne rien répondre aux piques des trieuses. Elle s'était contentée de noter toutes les rencontres avec ce soupirant muet, qui pouvaient paraître le fait du hasard. Peu à peu, à son tour, elle avait pris goût à ses coups d'œil soi-disant fortuits, à ces sourires vagues, qui n'étaient peut-être qu'imaginés. Elle en était arrivée à s'impatienter du silence que manifestait cet admirateur, sans oser tout à fait s'avouer que cette impatience était la marque d'un sentiment trouble. Elle se savait belle fille mais savait aussi que le travail aurait vite fait de la rendre aigrie et ridée, de gâcher son teint et d'épaissir ses traits et sa taille. Elle pouvait paraître froide et guindée aux yeux des coureurs de jupons, mais avant de se résoudre à faire une fin comme épouse d'un mineur fatigué, colérique et peut-être ivrogne ou malade, ce qui constituait le seul espoir offert dans le bassin, elle rêvait de connaître une passion romantique et débridée. Le beau porion lui paraissait de plus en plus le partenaire idéal pour vivre cette aventure.

Quand il l'avait enfin abordée, vers le milieu du mois de juin, il s'était conduit en adulte qui refusait les compliments outrés et les promesses invraisemblables.

Ce soir-là, il faisait sombre autour des installations du puits n° 1, défense passive obligeait. Il était plus de dix heures et la longue file de ceux qui en avaient terminé avec le poste 2 se pressait vers les pointeuses. A cette heure-là, nombreux étaient ceux qui expédiaient trop rapidement leur décrassage aux douches de la société, préférant attendre le maigre confort de leur logement. Mais l'homme qui avait bousculé Elizabeth et lui avait saisi le bras, en s'excusant, sentait encore le savon. Les doigts forts qui la tenaient, presque sous l'aisselle, à l'échancrure de sa robe de vichy, lui avaient paru sécréter un fluide paralysant ; en tout cas, elle n'avait pas résisté quand il l'avait entraînée jusqu'au pied de la haute porte barreautée qui restait ouverte toute la nuit, seul passage dans la grille d'enceinte. Protégée par une visière de métal, une lanterne avare projetait vers le sol un halo jaunâtre qui permettait tout juste de distinguer les contours d'une ombre.

Quand Elizabeth reconnut son compagnon dans la lumière chiche du portail et qu'il lui prit le menton pour orienter son visage vers le lumignon, son cœur se mit à s'emballer.

– Je m'appelle Fernand Mourial, dit-il lentement en la regardant dans les yeux. Je suis porion dans le quartier Combes inférieur. Voilà longtemps que je t'admire et que je cherche à mieux te connaître. Je crois que je sais presque tout de toi, Elizabeth Walkzack.

Avec n'importe quel autre interlocuteur, Elizabeth se fût ouvertement moquée, ou défendue. La tranquillité et l'assurance de ce soupirant-là la transformaient en statue de cire.

– Je te vois venir d'un kilomètre, monsieur Je-sais-tout, dit-elle quand même, parce qu'elle ne voulait pas avoir l'air d'une dévergondée prête à céder au premier venu.

Il rit doucement, lui reprit le coude et l'entraîna vers la ville.

– J'espère que tu me permettras de m'expliquer, en te faisant un bout d'escorte.

– Tout dépend de l'endroit où tu veux m'escorter. Ce n'est pas parce que je travaille au tri que n'importe qui peut m'emmener n'importe où pour faire n'importe quoi.

Sans lâcher son bras, il rit une nouvelle fois :

– Je te raccompagne chez tes parents, dit-il. C'est assez simple ! J'ai l'intention de te demander en mariage, si tu es d'accord quand tu me connaîtras mieux. Chez nous, dans le pays, on respecte encore les usages et le galant va demander au père la main de sa fille.

– Chez nous aussi, souffla-t-elle, du haut du nuage où elle venait de s'envoler.

Tout le reste du chemin, il rajouta à sa demande, qui aurait pu paraître trop raisonnable, les couleurs du sentiment de plus en plus profond qu'elle lui avait inspiré depuis qu'il l'avait remarquée. Il lui dit qu'elle était jolie, ce dont il s'excusa presque, parce que c'était un argument si éculé pour séduire les filles qu'il avait honte de l'employer ; il précisa qu'à la voir passer, de loin, tous les jours en ville ou à la sortie du puits, il était arrivé à bout de patience ; ce qui acheva de la décider, sans qu'elle l'avouât. Cette soirée de juin avait pour elle, auprès de ce grand homme solide et amoureux, la douceur d'un printemps de roman. Peut-être son sang polonais la poussait-il à une conception sensuellc de la vie, mais en quelques minutes, la peau frémissante et le souffle bousculé, elle imagina l'avenir qui serait le sien si elle devenait madame Mourial. Il avait parlé de la ferme de ses parents, près de Lanuéjouls, où il l'emmènerait bientôt pour la présenter et où, plus tard, elle irait mettre au monde leurs enfants. Elle rêvait toujours.

Ils avaient, comme tous les amoureux, parlé longtemps du plaisir qu'ils éprouvaient d'être enfin auprès l'un de l'autre. Mais Elizabeth, sans rien effacer de l'éblouissement qui l'avait aveuglée quand Fernand avait fait sa demande, s'étonnait de la sagesse avec laquelle il la tenait par l'épaule. Elle sentait sa main trembler comme s'il avait peine à se maîtriser, et s'inquiétait, étourdie par la peur de lui avoir subitement déplu. Elle s'arrêta d'un coup, se tourna vers lui et lui jeta les bras autour du cou. Il était plus fort qu'elle, et bien plus grand. Il voulait à tout prix éviter de se laisser aller au besoin physique qu'il avait de serrer cette femme contre lui. Il leva le menton pour éviter les lèvres qu'elle lui tendait.

– Non, Elizabeth ! Attends. Je ne veux pas te faire de mal. Il faut que tu sois sûre de toi.

– Je suis sûre de moi, enragea-t-elle.

Il était normal qu'elle obtînt la victoire. Quand ils reprirent leur marche, après un baiser haletant, elle l'avait hissé sur le même nuage qu'elle.

Arrivés devant la petite maison où habitaient les Walkzack, sur la rue d'Aubin, il la reprit aux épaules et l'interrogea, redevenu sérieux :

– Dois-je entrer ?

– N'aie pas peur de mon père. Il a mauvais caractère mais un bon jugement. Tu lui plairas !

Elle n'ajouta pas que cette entrevue n'avait pour raison d'être que le respect dû à la tradition. Elle était persuadée d'avoir déjà affirmé sa volonté de suivre Fernand au bout du monde, quelle que soit la réponse de son père.

Serge Walkzack était fort en gueule mais il était respectueux de l'ordre et de la hiérarchie. L'arrivée chez lui, si tard après la fin du poste 2, d'un maître mineur de trente ans en compagnie de sa fille aînée ne l'inquiéta que quelques minutes. Le garçon avait le regard franc et paraissait physiquement solide. Dès sa première phrase, il avait précisé des intentions honnêtes. Et il avait sans faire de manières accepté de discuter d'éventuels détails devant un verre d'eau-de-vie de prune, qui remplaçait maintenant la vodka sur la table des Polonais.

De comportement rude, Serge n'en était pas moins bon mari et bon père. Sans oser le formuler devant ses quatre femmes, il s'était inquiété, cette dernière année, de ce qu'elles deviendraient s'il lui arrivait malheur. Rien ne l'annonçait, mais la guerre continuait et la multiplication des actes de résistance dans le bassin pouvait n'importe quand déclencher des représailles aveugles. A la mine, la récente reprise d'un chantier dans l'assise du Banel, particulièrement exposée aux coups de grisou, mettait le personnel à la merci d'un accident. Pourtant il avait une raison supplémentaire d'oublier son optimisme : ses filles aînées, vingt et un et dix-neuf ans, étaient en âge de se marier, et Valentina ne tarderait pas à les rejoindre. Hélas, toujours soudée derrière son drapeau rouge et noir, la colonie polonaise, où il aurait souhaité choisir ses gendres, lui paraissait particulièrement stérile en jeunes gens de mérite. Ses vieux compagnons se désolaient de voir leurs fils quitter le travail pour rejoindre les maquis, organiser des filières de marché noir avec le Rouergue agricole proche ou devenir des alcooliques précoces. Serge rêvait mieux pour ses trois perles.

Aussi l'accueil fait à la demande formaliste de ce Mourial, pour lequel Elizabeth paraissait éprouver une admiration passionnée, à en juger par l'air stupide avec lequel elle le contemplait, fut-il sur-le-champ presque enthousiaste. Des origines paysannes aveyronnaises satisfaisaient en outre aux vieux désirs d'intégration propres aux transplantés.

– Tout de même, objecta pour la forme Marie, que l'importance de l'occasion avait conduite à la table des hommes et au petit verre d'alcool, ce n'est guère le temps de se marier, avec cette guerre qui peut tourner Dieu sait comment !

– C'est vrai, concéda le prétendant d'une voix grave. Mais c'est justement pour ça que je me déclare maintenant. Il peut nous arriver à tous n'importe quoi de terrible ; si nous en sortons, je veux être certain que votre fille, comme n'importe quel membre de votre famille, saura vers qui se tourner pour demander de l'aide.

– En somme, dit la mère d'une voix acidulée, vous voulez juste la mettre de côté pour le retour des beaux jours ?

Mourial adressa un regard furieux à cette femme plantureuse qu'il devinait être une adversaire. Il n'avait ni le temps ni l'envie de la convertir. Debout devant la fenêtre aveuglée, avec le sentiment d'être un animal au foirail, Elizabeth, indignée elle aussi par la réflexion de sa mère, admira le profil délicat de son conquérant ; le front haut et lisse sous des cheveux noirs et bouclés, l'œil étincelant, le nez busqué et le menton volontaire. Sans réfléchir au manquement aux règles familiales, qui interdisaient aux enfants de se mêler aux discussions les concernant, elle se lança dans la bataille.

– Je vais être majeure, mère, et je pense avoir mon mot à dire. Fernand m'a choisie et je l'ai choisi. Point. Je ferai ce qu'il voudra et comme il le voudra.

– Tu ne le connaissais même pas hier. Tu ne nous as jamais parlé de lui !

Elizabeth avait rarement vu sa mère aussi rouge de colère. Chaise basculée d'un coup de pied, dressée dans son sarrau violet qu'elles appelaient sa tenue d'évêque, Marie avait jeté son verre de rage et la défiait, en comprimant à deux mains sa poitrine débordante.

– J'ai toujours entendu affirmer que le coup de foudre existe, sourit la révoltée, aussitôt récompensée par le regard étonné puis triomphant de l'homme qu'elle venait de proclamer sien.

Ce fut lui qui brisa le lourd silence qu'avait installé la profession de foi d'Elizabeth. Il le fit avec calme, comme s'il sacrifiait pour l'honneur ses dernières cartouches.

– Pour vous prouver ma bonne volonté, je vais vous dire quelque chose que je vous demanderai de ne répéter à personne. A moins que vous ne vouliez ma mort et celle d'autres jeunes patriotes. Je sais que d'ici un mois au plus nous allons devoir nous battre contre les Allemands. Pas seulement ceux du bassin, mais d'autres, venus du Sud et tentant de rejoindre la Normandie. J'ai reçu l'ordre de quitter Cransac après-demain avec les gars du groupe franc que j'ai formé au puits. Pour nous, il semble que rester en ville va devenir malsain, car j'ai perdu un homme au cours de notre dernière opération, un aiguillage à faire sauter en gare d'Aubin ; nous croyons que les Allemands l'ont fait prisonnier et pourraient le faire parler. Voilà ! Vous savez tout.

L'œil froid, Mourial tourna la tête vers Serge et Marie, comme s'il s'en voulait d'avoir osé leur faire confiance. Le père réagit le premier, avec une netteté rassurante :

– Tu as bien fait de dire la vérité. Je peux pas dire que ça me fasse plaisir de promettre ma fille aînée à une espèce de bandit de grand chemin ; mais si c'est toi qu'elle veut, c'est pas la peine que je me mette en travers. Quant au risque que tu as couru en nous racontant ton secret, tu ferais mieux d'éviter de nous insulter. On n'est pas des donneurs, chez les Walkzack. Allez la mère ! Dis-lui que tu es d'accord et sers-nous un verre pour toper !

Marie servit le verre mais resta muette. Manifestement elle avait obéi à son mari par réflexe de maîtresse de maison, habituée à saluer les visites d'une inclinaison de goulot au-dessus d'un verre, sans avoir aucune intention de se rallier au choix d'un gendre aussi porteur d'orage. Elle était vive de caractère mais lente à s'apprivoiser ; l'extrême nouveauté de l'idylle entre sa fille et cet inconnu la heurtait, comme les bouleversements que laissait prévoir l'annonce des combats imminents et des dangers que ferait courir à la famille Walkzack la fréquentation d'un pareil excité.

Elle grommela seulement, en se détournant pour se signer fébrilement :

– Que tous les saints empêchent cet homme d'apporter le malheur dans ma maison !

Comme pour montrer que le ciel ne l'écoutait pas, Elizabeth, debout derrière la chaise de son porion, lui saisit les épaules et déclara d'une voix qui vibrait comme une déclaration de guerre :

– Si tu pars après-demain, je pars avec toi. Et ne cherche pas à me l'interdire ! Pourquoi une femme ne pourrait-elle pas se battre aux côtés de son homme ?

– Cette histoire vraie, qui date de vingt-quatre ans, à quelques jours près, je vous la raconte dans les termes mêmes qu'a employés Elizabeth Walkzack pour nous la narrer, une semaine plus tard, quand nous avons rencontré, O'Shaffy, Jacquinot et moi, le petit commando FTP de Justin, cantonné dans la grange de la ferme de Masclès. C'était aux environs de la fin juin. Ils ne représentaient qu'un faible élément de leurs maquis de la région, qui devaient alors compter trois à quatre cents combattants. Eux n'étaient pas deux douzaines. Je me rappelle que nous avons été très impressionnés par la présence parmi ce groupe des trois sœurs Walkzack. Il semble que les deux plus jeunes continuaient à habiter à Cransac mais venaient souvent en liaison à Masclès. Officiellement pour apporter du ravitaillement ou des renseignements ; plus vraisemblablement, avec l'accord de leur mère, qui ne voulait pas rompre les ponts avec sa fille aînée.

Du fauteuil au fond duquel il était blotti, ses mains aux doigts abîmés croisées sur ses genoux, Alain de Raviel, autrefois sergent-chef Huchon, n'avait même pas levé les yeux sur l'adjudant-chef Combes assis en face de lui, durant toute l'évocation des jours de sa jeunesse. L'air étranger à cette vieille histoire, la voix éteinte, il donnait l'impression d'être un élève nonchalant récitant une leçon bien apprise dans une matière qui lui était indifférente.

Quand il avait reçu, le matin même, le coup de téléphone de la gendarmerie de Rodez lui enjoignant d'attendre chez lui la visite d'un enquêteur, il avait de la même manière manifesté un étrange désintérêt. Combes, qui se souvenait des appréciations du capitaine Hervieux concernant le retour de captivité d'Huchon et son absence de rancœur, s'était étonné que son correspondant n'eût même pas daigné demander la raison de cette visite. Ou son séjour dans les camps lui avait lavé le cerveau, ou son entraînement commando à la survie l'avait remarquablement éduqué dans l'art de masquer ses émotions. L'interrogatoire de l'ancien compagnon d'O'Shaffy s'annonçait comme une épreuve de force.

14

Madame Gasparède, malgré des revers de fortune qui dataient de son veuvage, trois ans plus tôt, habitait toujours, en 1968, la maison que son mari avait achetée quand il avait été nommé ingénieur en chef à la Société minière de Firmi et Cransac, quelques années avant la guerre. Parallélépipède de béton et de briques industrielles, couvert de tuiles mécaniques verdies par trente-cinq hivers, c'était, sur deux étages et un grenier, un monument de laideur. D'autant plus regrettable que le cadre où elle avait été construite, haute colline mi-verdoyante, mi-rocheuse, s'ombrageait de grands arbres au feuillage romantique au milieu desquels la maison Gasparède détonnait. Le précédent propriétaire, qui avait fait ériger cette horreur sur les reliefs, au nord de Cransac et du Gua, avait été muté en 1935 aux mines de Gardanne, en Provence. Aucun acheteur ne s'était présenté durant plusieurs mois, et la maison, restée sans occupant, avait vite montré quelques défauts de finition qui avaient influé sur le prix de vente. Monsieur Gasparède avait profité de l'occasion et s'était installé sans état d'âme avec sa femme ; sans doute pour ajouter au mauvais goût des constructeurs, il avait baptisé sa propriété du nom de « Bonne-Mine ». Dans un bassin où soixante-quinze pour cent des habitants travaillaient, avaient travaillé, ou travailleraient sous terre, la plaque gravée fixée à la grille du jardin avait paru provocation de cadre et avait suscité jusqu'après la guerre une animosité latente entre les différents syndicats de mineurs et l'ingénieur en chef. Sur la fin de sa carrière active, celui-ci, très soucieux des œuvres sociales de Cransac et de Firmi, avait réussi à calmer ses adversaires. Près de deux mille personnes avaient suivi ses obsèques, en 1965, et personne n'en voulait plus à madame Gasparède d'avoir été la compagne d'un cadre supérieur.

Elle n'avait pourtant rien fait pour se rendre populaire ou pour améliorer l'aspect extérieur de « Bonne-Mine ». Plus de la moitié des volets du premier étage restaient fermés douze mois sur douze et pourrissaient lentement par absence de peinture. Au coin sud-ouest, des orages avaient encombré la gouttière qui fuyait directement sur la façade, où s'élargissait un paraphe noirâtre de trois mètres de long. Quant au jardin, qui avait au moins la superficie du cimetière du Gua, il avait des allures de roncier, personne, depuis la mort de l'ingénieur, n'y ayant planté un sarcloir ou manié une faucille. Seul y était vaguement entretenu un sentier étroit qui menait d'une porte-fenêtre, sans doute celle de la cuisine, à la porte de fer grinçante ouverte deux fois par semaine au milieu de la grille rouillée qui encerclait le domaine.

Ces jours-là, le mardi après-midi et le vendredi matin, le taxi poussif de Matthias Popeck, ancien mécanicien aujourd'hui retraité du puits n° 1, montait prendre en charge madame Gasparède et ses couffins pour l'emmener faire ses courses au supermarché d'Aubin. Ce commerce récemment installé avait séduit la veuve ; elle s'y ravitaillait en tout, des denrées en boîte aux fromages pasteurisés et de mauvais vins rouges en articles de bonneterie bon marché. Chapeautée de paillons de couleur, les bajoues plâtrées, yeux et lèvres peints à la Dubuffet, la poitrine débordante et le souffle annonçant un œdème du poumon, elle naviguait lentement entre les rayons, quasi insensible aux saluts incertains des ménagères qui croyaient la reconnaître. Seules les caissières, qui risquaient professionnellement un « Comment allez-vous, madame Gasparède ? », avaient droit à un sourire pincé assorti de quelques borborygmes excédés. Popeck, qui l'attendait sur le parking du magasin, la ramenait ensuite à son castel, s'arrêtait devant la porte, déchargeait passagère et paquets, avant de klaxonner et de repartir, dans les pétarades fumantes de son vieux taxi, qui piaffait dans la descente du Gua.

C'est alors que les curieux, s'il y en avait eu, auraient pu se rendre compte que, malgré ses difficultés financières, la veuve de l'ingénieur en chef était restée une « dame ». Soucieuse de standing et de son train de maison. De la porte de la cuisine, au bout du sentier, surgissait une autre sexagénaire, drapée dans un long sarrau de servante, dont l'humble aspect contrastait avec l'air majestueux de madame Gasparède qui rentrait chez elle les mains vides. Les deux femmes se croisaient à mi-chemin, le plus souvent sans rien dire. Le crâne chargé de bigoudis, comme une pièce montée, la servante se penchait à l'extérieur, saisissait les couffins qu'elle assurait contre son ventre, refermait la porte du talon et clopinait jusqu'à la maison où elle disparaissait à son tour.

En réalité, personne des environs n'avait jamais observé toutes les étapes de ce rituel. Il se déroulait pour la seule satisfaction de la maîtresse des lieux.

Car la veuve avait grand besoin de se soutenir le moral. Depuis près de vingt-quatre ans qu'elle avait pris cette servante chez elle, « parce qu'elle venait de perdre son mari mineur », avait dit monsieur Gasparède, elle avait senti l'influence sournoise de cette femme peser sur sa maison. Cette grande blonde bien en chair, qui ne riait jamais, s'était montrée économe, bonne cuisinière, d'une propreté magnifique et d'une discrétion de fantôme. Pendant toute une année, l'épouse de l'ingénieur en chef avait soupçonné qu'il s'agissait d'une rivale, dont elle avait surveillé chaque geste et chaque mot, pénétrant à l'improviste dans la chambre de sa bonne pour y chercher des traces d'un passage de Gasparède. Peu à peu, l'absence totale d'indices, autant que le manque souvent éprouvé de tempérament de son mari, l'avaient convaincue qu'elle ne risquait pas d'être supplantée dans son ménage. « Bonne-Mine » avait continué à abriter la vie réglée du trio, sans jamais le moindre épanchement entre les deux femmes, jusqu'à la retraite puis jusqu'à la mort du chef de famille.

Depuis, avec pour seules ressources la pension allouée aux veuves, madame Gasparède, qui n'avait pas eu d'enfant et n'avait jamais eu de vie mondaine, vivait en semi-recluse dans son temple de béton. Elle avait bien eu quelques velléités de mettre Marie à la porte, mais n'avait pas osé licencier une bonne que d'ailleurs elle ne payait pas, se contentant de lui assurer le gîte et le couvert. Peu à peu, au contraire, son impudente et glaciale compagne avait pris le commandement, décidant des menus et des courses à faire, de l'établissement de leur chiche budget et des arrangements avec Matthias Popeck pour les sorties en taxi.

– Votre bonne, avait un jour remarqué celui-ci en conduisant sa cliente jusqu'au Casino, c'est vraiment quelqu'un de bien !

– Ce n'est pas ma bonne, avait bafouillé madame Gasparède dans un sursaut de respectabilité, c'est ma dame de compagnie. Une vieille parente de mon mari que nous avons recueillie depuis longtemps.

Ainsi se déroulait l'existence de ces deux veuves ; leur aigreur réciproque croissait de mois en mois, dans une ambiance de couvent laïque sur le déclin, dont chacune voulait se croire la supérieure.

Depuis leur dernier Noël, fêté de part et d'autre d'un poulet aux cèpes séchés — car elles prenaient leurs repas ensemble —, la dame de compagnie avait pris conscience de l'affaiblissement, tant moral que physique, de sa vieille ennemie intime. Elle avait réfléchi à ce qu'elle deviendrait, elle-même, si la maîtresse des lieux venait à mourir. Permettre à la Gasparède une petite satisfaction d'amour-propre l'aiderait peut-être à se reprendre ; ainsi Marie décida-t-elle de revenir au vieux rituel des courses en ville, des couffins abandonnés à l'entrée du « jardin » et du galop servile de la bonne. De fait, se sentant redevenir la maîtresse chez elle, madame Gasparède avait nettement retrouvé du tonus.

Aussi, en ce premier vendredi d'avril, s'étonna-t-elle, quand Popeck eut klaxonné après avoir déchargé les achats, de ne percevoir aucune réaction de l'autre côté de la jungle de « Bonne-Mine ». La porte-fenêtre de la cuisine restait obstinément fermée au bout du sentier. A demi étouffée par la surprise devant un tel manquement aux règles, la maîtresse de maison se lança en ahanant vers son asile, le cerveau plein de suppositions alarmantes. Elle imagina que Marie avait déménagé pendant son absence, puis qu'elle était morte subitement et que son cadavre gisait sur le dallage, au pied de la vieille cuisinière et des placards à provisions. L'image, qu'elle s'attendait à découvrir, la paralysa quelques secondes devant la porte fermée, dont elle n'osait pas saisir la poignée. Peu à peu, une colère sénile remplaçait son inquiétude : cette vieille garce de dame de compagnie avait-elle la tête si enflée qu'elle se crût capable de braver la hiérarchie établie et de négliger ses devoirs les plus ordinaires ?

Elle en était là de son incompréhension outrée quand elle remarqua à moins d'un mètre devant elle une bicyclette beige étincelante appuyée au mur. Ni madame Gasparède ni son employée n'avaient jamais utilisé ce genre d'engin. La machine, sur le porte-bagages de laquelle une valise d'aspect bourgeois était fixée avec deux courroies élastiques, suggérait la présence d'un visiteur dans sa maison. Aucun étranger n'était entré chez elle depuis la mort de son mari. Carrément furieuse maintenant, le souffle court, le chapeau en bataille et les sourcils froncés, elle pénétra dans « sa » cuisine. Elle s'immobilisa avant même d'avoir refermé la porte derrière elle, sidérée par le spectacle, à première vue paisible, qu'elle découvrait.

Pour une fois débarrassée de ses bigoudis, ses longs cheveux blonds à peine striés de gris étalés sur les épaules, les poings carrés sur les hanches comme si elle se préparait à la bataille, la dame de compagnie se tenait debout à côté de la table de cuisine, dont la toile cirée verdâtre luisait sous l'ampoule nue pendue au plafond. Une très jolie femme, aux courts cheveux noirs coiffés en casque, se cramponnait des deux mains à un bol de café fumant ; assise face à la porte, l'irruption de la propriétaire l'avait redressée comme si elle avait craint d'être surprise là. Elle réagit sans trop d'efforts, fixa l'arrivante d'un regard bleu angélique, sourit et murmura :

– Bonjour, madame ! Pardonnez-moi d'être venue vous déranger.

Abasourdie, madame Gasparède détailla cette inconnue. Le tailleur gris fer de bonne coupe, les bas clairs et les mocassins bien cirés indiquaient que cette beauté d'environ quarante ans appartenait à une classe sociale aisée que la veuve de l'ingénieur en chef avait désertée depuis des années.

– Qu'est-ce que… Qu'est-ce que…, chevrota-t-elle, aussi apeurée que si elle s'était trouvée en face de cambrioleurs armés.

– Cessez donc de vous affoler, coupa Marie d'une voix dure. Il se trouve que cette jeune femme est une de mes proches parentes. Elle a en ce moment quelques ennuis dans son ménage et souhaite passer une petite semaine au calme, sans voir personne. Je lui ai assuré qu'elle ne pourrait pas trouver de meilleure retraite que Bonne-Mine. Nous allons mettre sa bicyclette sous le hangar, monter sa valise et l'installer dans une des chambres vides du premier. Elle ne vous dérangera pas puisque vous ne quittez pas le rez-de-chaussée.

– Mes couffins…, gémit encore madame Gasparède, incapable d'ordonner deux idées au milieu du chaos que faisait naître cette visite si extraordinaire. Vous ne m'avez jamais parlé de cette parente, s'enhardit-elle en reprenant son souffle.

– Seigneur Dieu, fichez-moi la paix avec vos couffins. Je vais aller les chercher. Et ne me posez pas de questions sur ce qui arrive à Tina. Ce n'est pas au bout d'un quart de siècle que je vais me mettre à vous raconter ma vie. Vous en auriez un coup de sang !

La voix de la grande Marie, qui n'avait jamais élevé le ton dans cette maison, avait retrouvé l'autorité que laissaient attendre son caractère et son gabarit. La femme assise devant elle crut y percevoir une amère satisfaction. Elle fut certaine de ne pas s'être trompée quand elle surprit un signe de croix discret accompagné d'un « merci mon Dieu » triomphant.

15

Construite au pied d'une colline chargée en soufre et en métaux variés, dont la présence se traduisait par de telles réactions chimiques qu'on appelait autrefois le site la « Montagne qui brûle », la bourgade de Cransac était déjà connue au XVIIIe siècle comme lieu de cure, où bains et vapeurs soulageaient rhumatismes et maladies de peau. Cette réputation n'avait fait que croître. Cent ans plus tard, le gouvernement impérial y envoyait aux soins les rapatriés de la guerre de Crimée. On y construisait établissements de bains et hôtels, et les Aveyronnais du cru bénissaient le ciel et leur montagne brûlante.

Mais Cransac n'était pas le seul lieu de la région à bénéficier de richesses souterraines. Quand le duc Decazes décida de les exploiter et que le bassin tout entier se couvrit d'exploitations charbonnières et minières, après la nouvelle cité de Decazeville, après

Aubin et Firmi, Cransac connut les puits de mine et les fourneaux à métaux. Ces installations asséchèrent peu à peu ruissellements, résurgences et bouillonnements, condamnant la ville de cure, transformée en cité ouvrière. Après la forte immigration de la région, étalée sur cinquante ans entre 1880 et 1930, Cransac comptait autant de Polonais, d'Espagnols ou d'Italiens que de Rouergats de souche. Tous, ou à peu près, vivaient de la mine. Ce que Cransac avait perdu en élégance et en goût des loisirs était compensé par ce qu'elle avait gagné en fermeté de caractère et en acharnement dans un travail dangereux et peu salubre.

Au cours de ses affectations dans le département, l'adjudant-chef Combes n'était encore jamais venu à Cransac. Quand son subordonné lui avait rendu compte de la nécessité d'une visite à l'ancien maquisard Huchon, le capitaine Tournayre avait décidé de prêter à l'enquêteur-vedette sa voiture de fonction et son conducteur, non sans recommandations : « Dans ce coin-là, n'agissez pas avec trop de délicatesse. Là-bas, de tradition, on n'aime pas les gendarmes ; trop d'ennuis avec nos cousins de la mobile. Si vous êtes aimable, on croira que vous jouez au petit malin ; soyez direct et même brutal, c'est ce qu'on attend d'un porteur d'uniforme. La limousine avec chauffeur vous conférera un surcroît d'autorité appréciable. »

Pour jouer le jeu avec obéissance, Combes s'était assis seul à l'arrière et regardait par la vitre un paysage en complet désaccord avec ce qu'il supposait être l'aspect d'un pays minier. Il attendait une route droite sur une terre sombre désespérément sans relief, ponctuée de pylônes et de roues géantes dominant une foule triste aux visages charbonneux, grouillant entre des terrils farouches ; il découvrait une route sinueuse, qui plongeait dans une étroite vallée envahie de végétation et remontait, avec des grâces de raidillon de montagne, pour aller ceindre un tertre couvert d'herbe et de mousse et disparaître dans un nouveau virage, à la recherche d'un nouveau ruisseau. Pour achever de détruire ses idées préconçues, le premier être vivant qu'il rencontra, au sommet d'un de ces toboggans que son conducteur abordait avec précaution, était un paysan en casquette et gros complet de velours, qui sortait du sous-bois avec l'air gêné d'un poseur de collets rencontrant un garde-chasse.

– Sans doute un mineur qui joue au braconnier pour améliorer son ordinaire, ricana le conducteur par-dessus son épaule.

Combes ne releva pas. En bas du dernier déboulé, la voiture était entrée majestueusement dans l'agglomération de Cransac, à en croire la pancarte émaillée. Peu d'agitation sur les trottoirs étroits d'une longue rue, bordée de maisonnettes en uniforme, façades blanchies à la chaux coiffées de gris et volets d'un vert anémié. Au bout d'un kilomètre, la rue avait fait place à une longue et large esplanade couverte d'un gazon pelé, sur lequel trois ou quatre chemins parallèles, irrégulièrement bordés d'arbres tristes qui devaient être des platanes, somnolaient comme les allées d'un vieux parc mal entretenu. Tout au bout, sans que rien eût annoncé la fin de cet urbanisme mélancolique, le mail se terminait sur la façade d'une église, très étroite, très haute et d'un gris anthracite déprimant.

Au téléphone, Alain de Raviel avait obligeamment précisé que sa maison, signalée par un panonceau d'assurances, était la troisième à droite dans la ruelle qui bordait l'église. Sans doute les habitants n'étaient-ils pas habitués à voir stationner dans leur quartier une limousine de la gendarmerie, avec ses plaques d'immatriculation ornées de drapeaux tricolores et de grenades. Trois galopins qui n'avaient pas dix ans en faisaient le tour d'une façon si inquiétante que le conducteur, laissé en garde par l'adjudant-chef, se demandait s'il devait attendre un jet de pierre sur sa carrosserie pour passer à la phase « intimidation ».

Dans le salon-bureau de Raviel, Combes se posait la même question en face de son témoin du jour, avachi dans son fauteuil et silencieux, maintenant qu'il avait raconté les débuts de l'aventure des Walkzack ; il était presque difficile de croire que ce triste et amorphe bourgeois, aux cheveux gris hirsutes et au nez bourgeonnant, était le même homme que le jeune gradé musclé et teigneux qui avait impressionné ses compagnons de maquis par son endurance, son expérience du combat et son goût de l'aventure.

– Pourquoi, finit par se décider le gendarme, me racontez-vous cette histoire ? En quoi est-elle liée à celle de Vaillance ?

Raviel sourit amèrement en hochant la tête.

– Pas vraiment à celle de Vaillance. Seulement à celle du trio que nous formions, Jacquinot, l'Angliche et moi. Au début, Guillaume a voulu nous faire croire que la mission qu'il avait reçue en quittant Londres n'était pas seulement de veiller aux parachutages au profit de notre groupe ; il prétendait qu'il devait aussi étudier la possibilité de travailler avec d'autres résistants. Les FTP de Justin lui semblaient assez méritants pour recevoir quelques containers avec la prochaine livraison qui nous serait destinée.

– N'avez-vous pas rendu compte au commandant Roger ?

– Evidemment si. Vous savez, le commandant était un parent éloigné et nous avions de longues conversations presque tous les jours. Il n'avait aucune idée préconçue en matière de politique. Pour lui, ceux qui faisaient de la résistance étaient tous dignes de confiance, au premier abord. Alors nous avons continué à descendre en liaison de Bancarel jusque chez Justin. Mais…

– Mais ?

– Au bout de trois ou quatre jours, il est devenu évident que Guillaume pensait à autre chose qu'à des parachutages. Il était tombé follement amoureux de l'aînée des trois sœurs Walkzack.

– Mais vous m'avez dit tout à l'heure que cette Elizabeth devait épouser un certain Fernand Mourial et qu'elle l'avait suivi dans la clandestinité !

– Oh ! tout n'est pas toujours aussi simple. Pour sa vingtaine de bonshommes, Mourial, dont le nom de guerre était Justin, était obligé de marquer quelques distances avec sa chère et tendre. Je crois aussi qu'il avait chapitré Elizabeth afin qu'elle évite de rabrouer vertement notre bienveillant Angliche. Alors, notre Guillaume a fini par croire qu'il avait des chances de séduire son héroïne.

Combes découvrait cette idylle avec stupéfaction. Il n'avait jamais imaginé que la vie au maquis pût s'accompagner d'une aventure sentimentale aussi complexe. Il ne comprenait pas que des jeunes gens, à quelques jours du déclenchement attendu de combats difficiles, eussent pu trouver le temps d'échanger caresses, promesses ou serments.

– Enfin ! Compte tenu de la durée de vos déplacements, vos visites à Masclès ne devaient pas durer longtemps ! A moins que cette Elizabeth n'ait été une Mariecouche-toi-là, cette bluette ne pouvait pas avoir pris tant d'importance. Pas au point de faire totalement oublier sa mission première à O'Shaffy !

Pour la première fois de cette conversation, Raviel manifesta un soupçon d'irritation.

– N'utilisez donc pas de qualificatifs insultants quand vous parlez de cette femme. Pour Jacquinot comme pour moi, il était clair qu'elle était entièrement fidèle à son Fernand. Mais elle avait trouvé, dans sa jeunesse et dans son caractère enjoué, assez de ressources pour se montrer naïvement heureuse de l'intérêt que lui portait cet étranger, tout auréolé de son mystère de combattant d'au-delà des mers. Elle ne se laissait pas aller, mais elle savait à la fois tempérer ses ardeurs et entretenir son espoir. Quant au temps libre, dans un bivouac où le plus clair du temps se passe à la tambouille ou au nettoyage d'armes, deux amoureux ou supposés tels trouvent toujours une demi-heure pour aller s'isoler en bordure d'un bois et rêver à ce qui n'arrivera jamais.

Cette fois, l'ancien Huchon reparaissait, pugnace et direct. Lorgnant ouvertement les décorations de l'adjudant-chef, il ajouta sans ménagement :

– Vous qui avez apparemment fait la guerre en Indochine, voulez-vous me faire croire que vous n'y avez jamais conté fleurette à une mignonne habitante d'un village proche de votre poste ?

Oui, Combes retrouva d'un coup l'image de la jeune Muong qui avait, durant de longues semaines de son séjour avec un maquis montagnard, entre Tonkin et Laos, veillé sur lui avec sa tendresse fruste et adouci ses nuits. Mieux que toutes les explications, ce souvenir brutalement réveillé le replongea dans cette atmosphère d'incertitude, hors du temps, où l'existence tient à la seule minute présente, que les ordres reçus ou les aléas des accrochages peuvent interrompre d'un coup. Un instant, il rêva à la douceur de Quang-Thi-Sao, qui était morte au revers d'une piste, et à l'ombre menaçante d'un gros nuage de mousson qui avalait le dessin d'un village, sur la cime d'une montagne aux arbres noirs.

Quand il se ressaisit, il rencontra le regard d'Alain de Raviel qui l'observait. Il n'y lut pas la satisfaction un peu sadique de l'avocat qui vient d'employer avec efficacité un argument inélégant, mais la tristesse de celui qui découvre un compagnon d'infortune.

– Vous marquez un point, dit-il en essayant de sourire. Et vous-même, que faisiez-vous pendant que votre lieutenant s'abandonnait aux illusions ? Le capitaine Hervieux m'a parlé de la cour que vous faisiez à une autre sœur Walkzack !

– Valentina, oui, rougit son vis-à-vis. La plus jolie des trois, sans aucun doute. Au point que je me suis demandé ce qu'elle pouvait bien me trouver de séduisant, à part ma fougue et mon air de petite brute. C'est vrai que j'étais très épris de cette fraîcheur et de cette beauté, mais contrairement à Guillaume, je n'ai jamais eu confiance dans la suite de ce roman.

– Etes-vous sûr que Guillaume avait confiance ?

– Absolument. Moi, je bourlinguais depuis quatre ans, la retraite de 1940, les camps de prisonniers en Espagne, les centres d'instruction en Angleterre et en Ecosse. J'avais appris que les aventures sentimentales ne durent pas bien longtemps quand on est soldat. Mais O'Shaffy, malgré ses voyages en Europe avec son père avant-guerre, n'avait rien connu de ces incendies trop vite éteints. Il était quasiment tout neuf. Il n'avait rien retenu de son éducation britannique, si tant est qu'il ait eu le temps de la recevoir malgré son adolescence voyageuse. Il était dépourvu de flegme, et même de la réserve pratiquée par ses concitoyens. C'est pour ça qu'il me racontait en détail, chaque fois que nous remontions à Bancarel, combien sa chère Elizabeth était délicate, fragile, sensible. A l'en croire, elle devenait de plus en plus amoureuse de lui. Elle refusait de lui céder, parce que les temps étaient trop incertains, disait-elle.

– Croyez-vous que c'était faux ? Après tout, cette jeune femme, qui s'était éveillée avec votre Justin, pouvait parfaitement l'avoir comparé avec ce mystérieux et romanesque Guillaume et avoir préféré celui-ci.

– Je suis certain du contraire. Fernand Mourial était incomparablement supérieur à O'Shaffy, comme homme, comme combattant et sans doute aussi comme amant. Aucune femme ne s'y serait trompée. Valentina me répétait ingénument les confidences de sa sœur, celle-ci lui avait avoué que sa patience aimable avec l'Anglais était due à l'insistance de Justin, qui espérait le convaincre de faire profiter les FTP d'un parachutage. En somme, elle se considérait en service commandé !

– N'avez-vous jamais essayé de faire comprendre à votre compagnon qu'il était manipulé ?

– Vous savez, nous étions jeunes, et ardents ! Après chacune de ses confessions, je lui disais sur tous les tons que cette belle fille était seulement un appât, mais il m'opposait aussitôt les sourires attendris qu'elle lui avait offerts tout au long de l'après-midi, la main caressante qu'elle avait posée sur sa joue, le baiser qu'il avait réussi à lui voler ou même la tristesse avec laquelle elle l'avait repoussé. « Si tu avais entendu comment elle retenait ses pleurs en me quittant, me disait-il, tu comprendrais que tu te trompes indignement sur son compte. »

– J'ai peine à croire qu'il ait été aussi naïf, soupira Combes après un silence.

– Je dois admettre qu'il devait être très inexpérimenté dans ses rapports avec les femmes. Peut-être même était-ce la première fois qu'il éprouvait un sentiment pour l'une d'entre elles. Et il faut avouer qu'Elizabeth, dont le caractère était bouillant comme celui de toute sa famille, se montrait une actrice de qualité. En tout cas, je n'ai jamais pu lutter contre la passion de Guillaume, l'émoi ressenti pendant un bel après-midi de juillet et les minimes privautés qui le transformaient en pantin.

L'évocation de cette quinzaine passée depuis vingt-quatre ans avait effacé l'apparent détachement de Raviel. Les images de ces jours, où l'ardeur née de l'attente des combats proches se mêlait à l'excitation sentimentale, avaient fait reparaître le jeune Huchon, bougon et décidé, qui jugeait les autres à l'aune de sa propre expérience. Combes estima que c'était préférable pour la suite de son interrogatoire ; capable de réactions instantanées, le sergent-chef d'autrefois serait prêt à livrer innocemment des précisions et des détails sur les aventures de ses anciens compagnons, dont l'agent d'assurances d'aujourd'hui, volontairement amorphe, n'aurait pas fait l'effort de se souvenir.

– Maintenant, demanda l'adjudant-chef, je crois mieux comprendre dans quel état d'esprit vous étiez, O'Shaffy et vous, en arrivant à Masclès le 19 juillet 44. Etait-ce une de vos liaisons habituelles, ou étiez-vous venus à un rendez-vous précis ? Racontez-moi.

Huchon, l'œil dans le vague, n'avait visiblement pas attendu la question pour retourner dans le passé.

– Vous devriez aller faire un tour dans le coin. Ce n'est pas, comme vous le croyez peut-être une ferme close autour d'une maison de pierres sèches, un hangar, une écurie ou une étable et une grange. C'est, à moins de deux kilomètres à vol d'oiseau de Firmi, une dizaine de baraques éparpillées sur environ un hectare de bois et de rochers, de part et d'autre d'une petite route empierrée et très sinueuse, où à l'époque il ne passait pratiquement personne. Les propriétaires, de vieux paysans retraités, c'est-à-dire misérables, habitaient l'ancienne maison de maître et cultivaient un potager en élevant trois chèvres quasiment au bord de la route. Les vingt hommes, et femmes, du groupe Justin bivouaquaient dans les deux bûchers le plus à l'est, totalement sous bois. Nous, de Vaillance, avions pris l'habitude de descendre directement des bivouacs d'Hervieux sur celui des FTP. Ils mettaient toujours un guetteur à mi-pente dont nous nous faisions reconnaître.

– Leur dispositif était-il le même à votre dernière visite ?

– Non ! c'est ce qui nous a inquiétés. Nous étions descendus parce que Guillaume voulait prévenir Justin que le secteur risquait de s'animer après l'éclat de Bartissol l'avant-veille. En fait je pense qu'il voulait revoir Elizabeth avant que la bagarre ne commence vraiment. Il n'y avait ni guetteur, ni Justin, ni ses hommes. Deux des filles Walkzack étaient redescendues chez leurs parents à Cransac. Seule Elizabeth était restée dans un des bûchers, avec un vieux fusil et vingt cartouches, comme une grande. En nous entendant arriver, elle s'est précipitée sur Guillaume en lui disant que tout le groupe était parti vers la route de Figeac pour participer à une embuscade contre un convoi allemand et qu'il fallait lui faire envoyer Vaillance en renfort parce que l'affaire s'annonçait très chaude.

– Quelle a été la réaction d'O'Shaffy ?

– Il a rédigé vite fait un message pour le commandant et a chargé le sergent Coutaux de le porter d'urgence à Bancarel. Après quoi, il nous a ordonné, à Jacquinot et à moi, de l'attendre sur place en surveillant le coin. Et il s'est éloigné avec Elizabeth, disant qu'il voulait la reconduire, jusqu'à l'entrée de Cransac. Je ne sais pas s'il a profité de la route pour vaincre enfin la résistance de sa belle. J'en doute, parce qu'il avait l'air déçu et amer quand il nous a rejoints, le lendemain matin au petit jour. Pour une fois, il ne m'a rien raconté de ses amours. Il a seulement décidé que nous devions tous attendre la compagnie que Roger allait envoyer à l'aide des FTP. Après tout, c'était le chef. Jacquinot et moi ne trouvions pas que c'était une bonne idée mais nous avons obéi. Nous sommes restés là vingt-quatre heures de plus. Exactement jusqu'au réveil que nous a sonné une section d'Allemands, ce 21 juillet. Nous n'avons même pas eu le temps de faire un geste que nous étions assommés à coups de crosse et menottés.

– Les Allemands vous ont-ils emmenés tous les trois en même temps ?

– Ils ont d'abord emporté O'Shaffy évanoui. Puis Jacquinot a réussi à sortir du gourbi et ils l'ont descendu à l'extérieur d'une rafale de *Schmeisser*[1]. Pour ma part j'ai eu droit à un petit voyage sur le plancher d'une camionnette jusqu'à la Kommandantur de Decazeville, où j'ai expérimenté quelques traitements particuliers.

La voix d'Huchon n'exprimait même pas de rage pendant qu'il levait en pleine lumière ses mains aux doigts boursouflés, comme pour les offrir à une inspection du gendarme. Il avait apparemment retrouvé

1. Pistolet mitrailleur allemand.

la résignation de l'homme brisé, redevenu Alain de Raviel.

– Avez-vous assisté aux tortures qui ont été infligées à votre lieutenant britannique ?

– Non ! J'imagine qu'il a été maltraité, lui aussi, mais je ne l'ai plus revu.

– Pourtant, il a survécu ! Du moins jusqu'à ces jours-ci. J'imagine que vous lisez le journal, qui a annoncé son suicide.

– Oh oui ! Je n'arrivais pas à le croire jusqu'au coup de téléphone du capitaine Hervieux, hier soir. Depuis, j'ai beaucoup réfléchi à ce qui a dû se passer. Je pense qu'il n'avait pas oublié Elizabeth, malgré les années, et qu'il l'aimait toujours. Alors, quand il a appris comment cette histoire s'était terminée, il n'a pas pu le supporter et s'est tiré une balle dans la tête.

De deux choses l'une, pensa Combes : ou ce brave Huchon ignore que son compagnon d'infortune a été assassiné, ce qui peut laisser croire à la discrétion d'Hervieux, ainsi qu'à l'innocence de l'assureur ; ou bien Huchon est au courant de tout, ce qui prouve son talent de comédien. Décidé à ne pas dévoiler ses batteries, l'adjudant-chef se contenta de poser la question que tout auditeur sans arrière-pensée eût posée.

– La conclusion de cette aventure était-elle donc si tragique ?

Raviel le regarda avec des yeux ronds :

– Comment ? Vous ne vous êtes pas encore documenté sur ce sinistre 21 juillet ?

– Personne ne m'avait encore raconté comment s'étaient nouées les relations entre les Walkzack, les FTP de Justin et votre fine équipe de coureurs de filles.

– Je n'ai pu faire le bilan qu'en mars 1946, quand je suis sorti de l'hôpital, bien après ma libération. De notre côté : un mort — je croyais deux à l'époque — et moi-même, invalide. Dans le camp des FTP c'était bien plus cher : Justin et huit de ses partisans avaient donné dans une embuscade allemande avant de rejoindre le gros de leur maquis. Tous tués. En ville, la Gestapo avait arrêté chez eux Serge Walkzack et Elizabeth, qui avaient été fusillés aussitôt, sur le pavé de leur rue. Marie, la mère, et ses deux autres filles ont réussi à s'enfuir à temps et à rester cachées jusqu'au départ des troupes. Bien après mon retour ici, j'ai pu savoir qu'elles avaient bénéficié d'une disposition prévue par les gouvernements français et polonais, une sorte de retour des émigrés dans leurs provinces d'origine, même s'ils étaient nés en France.

– Ça n'a pas dû être facile à vivre, ce retour aux sources !

– Surtout avec la blessure du deuil subi. Elizabeth a été abattue alors qu'elle tentait de se servir de son fusil, et son père pendant qu'il chargeait à mains nues les assassins de sa fille.

– C'est glorieux, mais je comprends combien cette sauvagerie a pu choquer tous ceux qui les connaissaient.

Raviel avait détaillé ces horreurs avec une simplicité glacée, comme si d'avoir vécu avec ces souvenirs l'avait mithridatisé. Combes voulut lui montrer un peu de chaleur et de sympathie, même si, tout compte fait, l'ancien sergent-chef n'était pas le plus gros perdant de l'histoire. Celui-ci leva une main pour arrêter ce gendarme qui paraissait subitement gêné en croyant nécessaire de présenter des condoléances.

– Ne dites rien, mon adjudant-chef. Le capitaine Hervieux m'a prévenu que vous êtes un type bien. Je n'ai été qu'un acteur de seconde importance et, croyez-le, j'ai eu plus de peine pour la mort de Jacquinot que pour celle d'Elizabeth.

– Il y a quand même quelque chose qui me tracasse, soupira Combes. Vous êtes-vous demandé qui vous avait dénoncés aux

Allemands ? C'était la question que se posait O'Shaffy quand il est venu demander l'aide de la gendarmerie il y a cinq jours à Rodez. Sachant maintenant comment l'intrigue s'est déroulée, autrefois, j'aurais cru que vous seriez le premier qu'il contacterait.

– Pour trouver un allié ou pour se venger ? ricana Raviel-Huchon.

Le gendarme restant muet, il s'enfonça encore plus profondément dans son fauteuil, visiblement lassé de devoir sans cesse évoquer les jours lointains où son existence avait basculé.

– Je vais quand même vous surprendre, s'égaya Combes avec une intonation joyeuse totalement hors de saison.

L'assureur n'eut pas le temps de s'étonner de cet amusement déplacé. Sortie d'une sacoche et jetée sur ses genoux devant ses yeux, une photographie le fit grimacer.

– Qu'est-ce… ? balbutia-t-il.

– Une photo qui traînait dans les bagages d'O'Shaffy, à Rodez, le renseigna Combes. J'ai cru y reconnaître Guillaume, à côté d'une jeune beauté qui devait être Elizabeth, et vous-même, entre ses deux sœurs j'imagine. Reste le troisième homme, qui m'est inconnu.

– C'est Justin, souffla Huchon, Fernand Mourial, si vous préférez.

– Et Jacquinot ?

– C'est lui qui a pris cette photo, le 12 juillet, l'avant-dernière fois où nous étions descendus à Masclès. Il l'a sûrement fait développer à Conques. Je ne l'avais jamais vue.

Cette fois, il se pencha sur le cliché, le front bas, comme s'il avait une myopie de nonagénaire, ou comme s'il voulait cacher qu'il pleurait.

16

Ce qu'il avait appris de sa visite chez Huchon, à Cransac, avait à peu près convaincu Combes qu'il ne s'était pas trompé ; les causes de la mort d'O'Shaffy remontaient au passé lointain. Tout au long du retour vers Rodez, après un détour par Masclès qui lui avait paru vraiment très proche, il s'était énervé de ne pouvoir agencer tous les détails qu'il avait recueillis dans un scénario plausible.

Il revoyait le triste clown britannique, déguisé dans le bureau de Tournayre, avouant du fond de ses foulards de mohair qu'il tentait de retrouver les traîtres qui l'avaient vendu à la Gestapo, un quart de siècle plus tôt. La longueur de la quête qu'il avait dû mener n'avait rien d'étonnant. Hervieux n'avait appris la survie de leur instructeur anglais que deux ans auparavant. Vraisemblablement, O'Shaffy avait eu besoin de quelques mois supplémentaires pour se renseigner plus en détail sur son ancien chef, sur Huchon dont le récit imprimé authentifiait la survie et le retour, et sur les autres acteurs de son drame, Justin et les Walkzack.

La fin de la guerre avait été une période assez trouble pour retarder les découvertes d'un enquêteur tenace. On pouvait concevoir de faux états de pertes, de faux certificats de décès. Supposer que Justin s'était sorti vivant de l'embuscade tendue par les Allemands ? Supposer qu'Elizabeth avait été seulement blessée par ceux qui étaient venus l'arrêter ? Les autres Walkzack étaient-elles réellement rentrées en Pologne ? Tout était concevable, si l'on admettait que la traîtrise préjudiciable aux trois gradés de Vaillance était le fait du groupe Justin ; il était même possible d'imaginer une mise en scène des Allemands soucieux de dédouaner leurs informateurs. C'était peut-être trop soigner l'intrigue. Mais c'était possible.

On en revenait au problème qui s'était posé au major britannique : comment les retrouver ? Ou plutôt, puisque les faits prouvaient qu'il les avait retrouvés tout seul, comment mettre la main sur eux maintenant qu'ils étaient sur leurs gardes ?

En arrivant à la gendarmerie de Rodez, Combes s'était résolu à étaler toute sa vision de l'affaire devant son capitaine et à préconiser une visite à la préfecture. A ce point de l'enquête, l'autorité souhaiterait peut-être choisir le silence pour éviter la révélation de turpitudes entre personnages classés au répertoire des héros. C'était un choix dont l'adjudant-chef comprenait qu'il fût politiquement séduisant, bien qu'il choquât toute son éthique de limier habitué à toujours aller au bout des pistes. Un instant, il s'était demandé si cette prudence ne tenait pas à la menace qui pesait sur lui ; une appréciation du préfet, flatteuse pour son sens de la mesure et son intelligence de la situation, aurait certainement du poids dans le dossier du conseil d'enquête ! Cette constatation avait achevé de le mettre de mauvaise humeur.

Il ne s'amusa même pas de la bévue de la sentinelle au portail, qui présentait les armes comme si la voiture du patron véhiculait le capitaine et non un quelconque adjudant-chef. Il sauta sitôt la portière ouverte et escalada le perron au galop, l'air hargneux.

– Le capitaine Tournayre est-il dans son bureau ? jeta-t-il au planton.

A voir passer depuis une semaine dans les couloirs le célèbre Combes, le planton estimait que son style toujours revêche et son manque d'amabilité avec ses subordonnés ne correspondaient pas avec la réputation d'une vedette ; il crut pouvoir refroidir cette véhémence. Il leva un regard réfrigérant vers le visage impatient, prit le temps de consulter sa montre-bracelet et annonça, avec un détachement qui pouvait paraître de l'insolence :

– Il est midi et demi, mon adjudant-chef ! Le capitaine est parti déjeuner.

Il ajouta, hautain comme un secrétaire particulier :

– Il a dit que si vous vouliez le voir en urgence, il serait au restaurant de l'hôtel du Plateau.

– Décidément, sacra Combes en faisant demi-tour, il n'est bon qu'à bouffer, celui-là !

Le planton, rejeté au fond de sa chaise par cette scandaleuse expression d'irrespect, suivit d'un œil consterné la silhouette qui se précipitait vers la sortie. Où allait le monde si la gendarmerie nationale, corps d'élite et de tradition par excellence, considérait comme un élément de tout premier choix un excité capable de pareils manquements à l'autorité hiérarchique ?

Pour le déjeuner, le chef proposait un menu au lieu d'une carte, ce qui obligeait la clientèle à de bien moindres efforts financiers ; la direction de l'hôtel du Plateau cherchait à dépasser à midi le nombre des couverts du soir. Aux touristes cossus s'ajoutaient des Ruthénois de bonne bourgeoisie, des fonctionnaires et même des propriétaires campagnards venus en ville consulter leur notaire, faire des achats somptuaires ou visiter leur dentiste.

C'est dire que lorsque Combes, qui était monté à pied depuis la gendarmerie et n'avait pas trouvé dans cet exercice de quoi calmer son humeur, arriva dans le hall de l'hôtel, il fut déconcerté par le brouhaha qui régnait dans la salle rustique. Toutes les tables étaient occupées, par des convives échauffés par les hors-d'œuvre, les apéritifs, le vin du premier service et l'assiette de cochonnaille dont la composition agrémentée de différentes sauces aux herbes était citée en exemple dans le guide Michelin. Les clients de midi avaient sans doute fait confiance, malgré le dicton, au soleil et au ciel dégagé de ce matin d'avril ; de nombreuses femmes de tous âges égayaient le paysage de robes presque printanières et ajoutaient quelques notes perçantes au grave rocailleux et tonitruant des conversations masculines. Combes crut même entendre quelques cris d'enfants.

Planté sous l'arche de vieilles poutres qui marquait l'entrée du restaurant, il parcourut des yeux ce magma assourdissant, sans réussir à distinguer la calvitie rougeaude de son capitaine. Il se sentait pris d'un malaise. Jamais il n'aurait la force de faire le tour de ces soixante inconnus. Il secoua la tête, à bout d'énervement, prêt à ressortir de l'hôtel. Il devrait se contenter de rendre compte à ce damné Tournayre plus tard, à son bureau.

– Papa !

– Papa !

Les deux cris d'enfants le cueillirent entre les épaules. Il s'arrêta tout net. Ces deux voix, aigrelettes et joyeuses, il les aurait reconnues au milieu d'un ouragan. Avant même qu'il les ait vus fondre sur lui, à travers le damier des tables, les quatre membres souples de Thi-Ba l'avaient entouré, palpé, escaladé, et les doigts de Robert se crispaient à ses mains. Il plia les genoux pour se mettre à la hauteur de son fils et de sa fille. A bout portant, les grands yeux du garçon brillaient de contentement quand il embrassa la joue rêche de son père sans aucun respect humain. Les mèches raides de la frange de sa Thi-Ba se plaquaient sauvagement contre le visage du père, comme si elle voulait, en plein restaurant, se coller contre son torse et jouer à ce qu'il appelait « la petite guenon ».

Il n'y avait pas quinze jours qu'il était séparé de ses deux diables, mais jusque-là l'angoisse que lui causait le sort de leur mère avait endormi ses sentiments paternels. Maintenant, comme si l'ambiance sonore de la salle à manger avait ajouté à la surprise, Combes se sentait emporté par une tornade, remorqué par Robert qui le halait à deux mains en glissant sur le dallage, à demi vacillant sous le poids de Thi-Ba, lourde comme un cadeau aux branches d'un sapin de Noël et gloussante de rires en cascade.

Amusés par cette furia, ou peut-être émus par l'évidente joie du trio, les clients des tables bousculées semblaient approuver la progression aveugle qui menait la famille Combes vers la dernière table au fond du restaurant.

– Charmants, ces gosses !

– Leur père a dû leur manquer longtemps !

– Quelle voix ! ils ne sont pas enfants de gendarme pour rien !

– Dites ! Il paraît que le père de ces petits, le mois dernier…

– Allez ! la marmaille, assis !

La voix de basse-taille du capitaine Tournayre, assis face à la salle dos au mur, avait aisément couvert le bruyant murmure des commentaires. Elle avait aussi rappelé à Robert et à Thi-Ba qu'ils devaient respecter les règles fixées par l'autorité pour le bon déroulement de la fête. En une seconde, perchés sur leurs chaises, le regard pétillant de joie maîtrisée, ils regardaient leur père encore ahuri par cet accueil inattendu, debout contre l'autre bord de la nappe damassée.

– Eh bien, Joseph ! Vous pourriez au moins faire semblant de me reconnaître et venir m'embrasser !

Joseph bégaya en regardant sa belle-mère, épanouie et rieuse.

– Mais qu'est-ce… ? Comment… ?

– Cessez de coasser, intima Tournayre, faussement impatient. Il se trouve simplement que j'ai téléphoné hier à madame votre belle-mère à Bergerac et que je lui ai demandé de venir jusqu'ici avec vos enfants passer deux ou trois jours. Votre ennemi le toubib du centre médical a daigné admettre que la vue de sa famille réunie serait peut-être de nature à créer ce fameux choc psychologique capable de ramener votre Claire dans le monde présent.

Sans doute pour éviter à son subordonné un attendrissement préjudiciable à sa dignité, le capitaine enchaîna immédiatement sur une rafale d'ordres de détail, qui ne laissaient place à aucune discussion.

– Le sinistre docteur Touloupe, au demeurant très capable professionnellement, a fixé à demain matin neuf heures l'expérience que je lui ai imposée. Il a prétendu devoir préparer sa patiente par une journée de sommeil de décontraction provoqué, ce que j'ai admis. Je vous demande donc, madame, de vous tenir prête ainsi que vos petits-enfants à être enlevée en voiture par votre gendre qui vous emmènera au centre. Que tout le monde soit beau, récuré, sage et souriant. D'ici là, installez-vous dans la chambre que j'ai retenue pour vous trois à l'hôtel et reposez-vous du voyage ; Bergerac-Rodez ce n'est pas loin sur la carte mais c'est le fond du gouffre en matière d'horaires et de correspondances. Ne m'en veuillez pas si je vous confisque mon adjudant-chef pour quelques heures. Nous avons beaucoup de choses à mettre au net dans la grave enquête qui nous occupe actuellement. Je vous le rendrai avant dix-huit heures.

Il se leva, derrière la table, avec une majesté jupitérienne, ramassa son képi, s'inclina vers madame mère, ébouriffa les cheveux d'un Robert subjugué et d'une Thi-Ba agacée par cette familiarité, et fixa Joseph d'un regard impérieux, qui exigeait de regagner illico la sortie.

Combes, qui n'avait pas retrouvé un plein équilibre depuis l'enlèvement de Claire — il lui semblait que c'était depuis une éternité —, ne supportait plus ces variations imprévisibles entre espoir, déception, colères et sourires. Du moins, plus avec son flegme philosophe d'antan. Tout à l'heure, quand il avait mesuré d'un coup la chaleur de l'amitié que lui vouait son capitaine, engagé dans une démarche totalement étrangère au service, il avait fermé les yeux pour cacher son émotion. Dieu merci, ce diable de Tournayre savait à merveille donner à l'émotion le temps de se diluer.

Combes sourit donc à sa belle-mère avec un coup d'œil faussement désolé.

– J'avais cru, dit-il, que je déjeunerais avec vous.

– Vous étiez en retard, constata vipérinement son supérieur. Nous avons déjeuné sans vous. Nous venions de terminer quand vous avez fait irruption dans ce restaurant.

– Mais, moi ! je n'ai rien mangé !

– Vous ne pensez donc qu'à ça ! Le travail d'abord ! Vous goûterez à l'heure du thé avec votre famille !

17

Alain de Raviel avait souligné l'urgence d'une entrevue en appelant le capitaine Hervieux moins d'un quart d'heure après le départ de Combes de son bureau. L'assureur n'était pas un intime de son ancien chef de maquis, mais il en appréciait suffisamment le jugement pour faire appel à lui quand il le pensait nécessaire.

– Indéniablement, avait-il précisé au téléphone, nous devrions accorder nos violons pour aider ce gendarme à comprendre quelque chose dans cette histoire O'Shaffy. Vraiment, celui-là peut se vanter d'avoir semé la pagaille en réapparaissant après si longtemps !

A quoi Hervieux avait caustiquement répondu qu'un client suicidé ou assassiné ne pouvait se vanter de grand-chose. Il convoqua Huchon à Espalion sur-le-champ, au mépris de sa sacro-sainte sieste, ce qui marquait, malgré la légèreté du ton, qu'il accordait à la requête de son ancien subordonné une certaine considération. Pour faire bonne mesure, afin de donner un tour collégial à l'entrevue, il appela la librairie de Conques. Gautier répondit à la première sonnerie ; sans doute avait-il fermé la porte de son magasin aux clients éventuels et travaillait-il sur ses documents moyenâgeux.

– Es-tu toujours tributaire pour tes déplacements de ton ridicule vélo en ruine, ou bien as-tu enfin réussi à faire réparer ta camionnette ?

– Ma foi, convint le libraire, je me suis décidé à faire les frais d'une remise en état de la Peugeot. J'en aurai besoin avant l'été pour aller chercher de la marchandise dans les ventes en gros de la région.

– Parfait ! Je t'attends d'ici deux heures à la maison. Nous devons conférer sérieusement avec Huchon sur le cas O'Shaffy.

– En quoi cette histoire nous intéresse-t-elle ?

– Elle ne m'intéresse pas du tout, mais il semble qu'elle pose un problème à notre camarade, qui désire en parler. J'aimerais que tu viennes m'appuyer de tes conseils. Fais vite !

Parti une heure plus tard que l'assureur de Cransac, qui voyageait en confortable limousine sur de belles routes, Gautier, qui avait dû composer avec un itinéraire de départementales mal entretenues et accidentées, n'avait pas regagné beaucoup de temps sur son compagnon d'autrefois. En traversant le Lot à Espalion, au volant de sa camionnette brinquebalante, il se demanda s'il allait se sentir réellement ému en revoyant Huchon pour la première fois depuis un quart de siècle. Après sa démobilisation, au retour d'Indochine, quand il s'était installé à Conques, jamais il n'avait cherché à renouer avec celui qu'il savait par Hervieux rentré des camps de la mort et marié à quinze kilomètres de chez lui. Ses propres souvenirs du maquis lui laissaient un parfum ambigu, enthousiasme et amertume mêlés ; malgré lui, le nom d'Huchon, sans doute à cause des circonstances de son arrestation, figurait dans le chapitre amertume.

Pourtant, quand il arrêta sa Peugeot devant le jardin d'Hervieux, sur le bord de la route, derrière une ID poussiéreuse, il se précipita jusqu'à la barrière ouverte, bouscula sans presque s'excuser la corpulente Louise Courassous qui s'avançait pour l'accueillir et saisit à pleins bras, avec une exclamation sourde qui ressemblait fort à de la passion, la silhouette râblée debout à côté du fauteuil roulant ; le regard inquiet et mouillé d'émotion, sous une tignasse grisonnante aussi peu assagie qu'autrefois, le fixait avec une telle expression d'espoir qu'il oublia dans l'instant ses années de vie grise et besogneuse et retrouva son ardeur de lieutenant de vingt ans. Quelques secondes durant, les deux hommes s'étreignirent avec chaleur, noyés dans leur passé commun, puis se scrutèrent à bout de bras avec un sourire attendri.

De son fauteuil, où il affectait une froideur impériale qu'il était loin de ressentir, Hervieux toussota pour rappeler ses troupes à l'ordre.

– Messieurs, dit-il, attrapez une chaise de jardin sur la pelouse et venez vous asseoir auprès de mon trône pendant que ma bonne Louise va nous apporter une bouteille de cahors et des verres.

L'ambiance de camaraderie familiale les avait si fortement conquis tous les trois qu'ils ne remarquèrent même pas que la gouvernante, tout en boitillant vers la maison, ronchonnait contre « ces vieux gamins qui ne pouvaient pas échanger trois phrases sans biberonner plus que leurs artères ne pouvaient contenir ».

– Je pense, commença Huchon, que vous avez eu avant moi la visite de ce gendarme Combes. J'ai passé deux heures aujourd'hui à répondre à ses questions. Il semble qu'il fasse une fixation sur l'affaire de Masclès, nos liaisons avec le groupe FTP de Justin et les liens affectifs que nous avions pu nouer avec les jeunes Walkzack.

– Je ne vois pas ce qu'il y a de gênant pour nous, dit calmement Hervieux, puisque notre compagnon O'Shaffy était, d'après la lettre qu'il m'avait adressée, tout à fait d'accord avec l'article que tu m'avais écrit sur le sujet pour le bulletin de l'amicale.

– Mais pourquoi se serait-il suicidé ? s'étonna Gautier. Ici, par-dessus le marché ?

– Et pourquoi ne m'avez-vous jamais prévenu qu'il s'était sorti des mains de la Gestapo ? Je dois avouer que j'ai eu un sacré choc en apprenant en même temps qu'il avait survécu en 44 et qu'il était mort ces jours-ci à deux kilomètres de chez moi !

– En quoi le savoir vivant en Angleterre eût-il été pour vous deux de quelque intérêt ? Je vous aurais certainement annoncé sa venue en France si j'avais été prévenu. Ce n'était pas le cas. D'après ce qu'a consenti à me dire au téléphone mon ami Tournayre, qui commande la gendarmerie départementale, notre Guillaume a débarqué dans son bureau après avoir alerté la préfecture, en avouant qu'il terminait une enquête sur les salopards qui l'avaient vendu aux Allemands, ainsi que toi, Huchon, et ce malheureux Jacquinot. Il prétendait souhaiter les remettre à la justice.

Coudes aux genoux, Huchon serra les poings autour de son front. Il avait étrangement retrouvé son air bougon de jeune homme, à mi-chemin entre raillerie et colère :

– C'est charmant ! Il cherchait des traîtres et vient droit dans le coin où nous nous sommes établis !

Hervieux tourna vers l'ancien sergent-chef son masque alourdi de Romain jouisseur.

– Veux-tu dire qu'il est venu te relancer chez toi avant de mourir ?

– Il ne savait même pas que j'étais toujours vivant !

– Rappelle-toi ! Il avait lu ton article et ton nom figure sur l'annuaire du téléphone : Alain de Raviel-Huchon, assureur, rue de l'Eglise-Saint-Jacques !

Huchon se redressa sur sa chaise après avoir saisi son verre encore à moitié plein posé à ses pieds. Il but une longue gorgée qui parut faire passer la pensée désagréable qui l'avait troublé.

– Eh bien, dit-il, je ne l'ai pas vu. Et j'aime autant. Je ne sais pas comment je l'aurais reçu. Après tout, c'était moi qui pouvais lui en vouloir de son entêtement à vous attendre à Masclès.

Le maître de maison hocha la tête et se réfugia pensivement lui aussi dans sa rasade de cahors.

– Je ne vois pas, hasarda lentement Gautier, de quelle façon nous pourrions aider la gendarmerie. Que cherchent-ils exactement ?

– Celui qui a tué O'Shaffy, expliqua paisiblement l'invalide en se carrant dans son fauteuil. Il paraît que le meurtre ne fait aucun doute tant la mise en scène du suicide manquait de détails importants. Et notre Angliche avait pris soin, à son passage à Rodez, de préciser que ses retrouvailles avec ses dénonciateurs pourraient être dangereuses pour lui. C'est bien compréhensible : la guerre oubliée, leur vie reconstruite, pourquoi des ordures d'autrefois hésiteraient-ils à supprimer un revenant prêt à détruire leur réputation chèrement conquise ?

– En somme, analysa Gautier, l'adjudant-chef Combes ferait d'une pierre deux coups s'il découvrait l'assassin, puisque ce serait presque sûrement aussi le traître d'il y a vingt-quatre ans !

– La difficulté de ce problème, nota Hervieux, c'est que nous savons qu'aucun de nos amis de la Résistance, membres de Vaillance ou du groupe FTP de Justin, ne peut matériellement être ce coupable. Souvenez-vous qu'à part Huchon et O'Shaffy lui-même, qui ont durement payé dans cette histoire, tous les autres acteurs de ce drame sont morts, de Jacquinot à Justin et à la jeune Elizabeth.

Huchon termina son verre et se mit debout, le visage fermé.

– Au bout du compte, dit-il à voix grave, en regardant d'un air déçu les visages de ses deux anciens amis, vous n'êtes pas d'un grand secours. J'aurais pourtant cru, mon capitaine, que vous auriez pu retrouver dans votre mémoire un souvenir qui aurait pu orienter l'enquête dans un autre sens.

– Quel sens ?

– Ma foi, je me suis dit qu'O'Shaffy, quand les Allemands nous ont coincés dans notre gourbi, ignorait que sa belle Elizabeth avait été tuée quelques heures avant. Il a donc pu croire qu'elle avait échappé aux arrestations et penser qu'elle était toujours vivante, et toujours dans le pays. S'il a poursuivi et achevé son enquête personnelle en arrivant à Aubin, pourquoi ce passionné, qui avait rêvé vingt-quatre ans de cette femme, ne se serait-il pas suicidé de désespoir ? Je sais bien que la gendarmerie prétend le contraire, mais peut-être se trompe-t-elle. Pour moi, c'est l'explication la plus vraisemblable.

– Est-ce que tu as soutenu cette thèse avec l'adjudant-chef Combes ?

– Il m'a paru un homme intelligent. Je n'ai rien prétendu ni affirmé. Je crois qu'il arrivera tout seul à cette solution.

Gautier et Hervieux, tassés sur leurs sièges respectifs, se regardèrent d'un air gêné. Manifestement, leur ancien compagnon leur cachait quelque chose, qu'il avait appris à Aubin ou à Cransac, et qui pouvait éclairer les conditions de la mort d'O'Shaffy. Il n'était pas possible que Raviel-Huchon pût convaincre les enquêteurs officiels qu'il y avait eu suicide et non meurtre. Il n'était même pas possible qu'il crût à sa théorie.

Gautier allait l'affirmer, avec toute sa droiture de boy-scout attardé, quand l'invalide fronça les sourcils et secoua la tête lentement en signe de perplexité.

– Ecoute, dit-il d'une voix dubitative qui se voulait quand même conciliante, je sais bien que tu es le plus impliqué dans cette histoire à laquelle, en somme, nous ne sommes mêlés Gautier et moi que par raccroc. Je comprends que tu veuilles que toute la lumière soit faite. Je veux que tu saches que nous te soutenons dans tes efforts pour imposer la vérité. Rentre chez toi, continue à chercher des preuves de ce que tu avances, en trouvant par exemple qui notre Angliche est allé voir à Aubin et ce qu'il a appris de cet interlocuteur. Ensuite, préviens-nous et nous ferons tous ensemble une démarche chez mon ami Tournayre. Il y a longtemps que je n'ai pas roulé mon fauteuil dans les rues de Rodez. Ne perds pas de temps.

– D'accord. Merci quand même de votre bonne volonté. Je vous tiendrai au courant.

Huchon serra la main des deux hommes assis et les laissa, d'un air décidé, pour repartir vers le portillon qui séparait le parc d'Hervieux de la route au bord de laquelle il s'était garé. A travers le grillage ses deux amis le virent embarquer dans son ID et refermer sa portière. Aucun des deux ne dit un mot durant les deux ou trois minutes que l'assureur passa derrière son volant, sans allumer le contact, la tête appuyée sur ses mains. Il se décida enfin à démarrer, sans ronflement abusif de moteur, comme s'il avait recouvré son calme, et fit une rapide manœuvre en travers de la route pour se remettre en direction du centre d'Espalion. En reprenant de la vitesse vers le pont sur le Lot et la route de Rodez, il leva la main par la vitre ouverte pour saluer. Toujours silencieux, les deux autres répondirent du même geste.

Un moment plus tard, Hervieux se pencha vers la table de jardin pour finir la bouteille de cahors dans leurs deux verres. L'après-midi était assez avancé pour que le soleil ait abandonné les espaliers où commençaient à s'ouvrir quelques fleurs blanches.

– Pour moi qui ne l'avais pas revu depuis un quart de siècle, soupira Gautier, j'ai trouvé qu'Alain de Raviel, puisque c'est son nom, a gardé le caractère abrupt et ronchon du jeune Huchon. Il s'est montré inutilement embarrassé au sujet de la mort de Guillaume. Ou alors j'avais raison l'autre jour en soupçonnant qu'il en voulait assez à O'Shaffy de sa captivité pour le supprimer. Il l'a fait, n'arrive pas à nous l'avouer, mais voudrait que nous comprenions. C'est exactement l'impression qu'il m'a donnée aujourd'hui.

L'invalide suçotait son verre rêveusement en remuant la tête sans paraître entendre les discussions de Gautier avec sa conscience. Mais il en pesait tous les termes : faut-il continuer à paraître n'avoir rien compris au comportement d'Huchon ? Faut-il avouer ses soupçons au gendarme Combes ? En se lavant les mains des conséquences ou en se montrant solidaire ? Devait-on se taire, expliquer, pardonner, juger ?

Il regarda longuement l'ascétique amoureux de Conques et se dit que peut-être la fidélité de celui-là pourrait servir à sa démonstration.

– Sois juste, jeune idéaliste. Notre ami Raviel pense que la mort qui nous occupe est la fin d'une histoire d'amour, entre un homme et une femme que la guerre a séparés. Toi, tu penses que cette même mort est l'aboutissement normal d'une vengeance entre deux anciens compagnons meurtris ; d'autres pourraient croire que dans ta passion pour ta ville de Conques, tu as inconsciemment rendu O'Shaffy responsable de l'arrestation de nos quatre camarades basés dans le village autour de l'abbé Varjols, et que c'est toi l'exécuteur. L'Angliche lui-même, quand il a été rendre visite à Tournayre, a envisagé d'être tué par les traîtres qu'il voulait dénoncer depuis des années. Tu vois bien que les hypothèses sont multiples. Finalement, rien ne les limite à ce que nous savons. Nous ignorons ce qui s'est passé pendant qu'O'Shaffy a raccompagné Elizabeth Walkzack à Cransac. A-t-il rencontré cette nuit-là Justin ou quelqu'un de son groupe, qui l'aurait suivi et trahi quand il est remonté à Masclès ? Quelqu'un qu'il aurait identifié au bout de toutes ces années et qui aurait trouvé le moyen d'empêcher une dénonciation tardive ? Je te répète la même chose qu'au début de l'affaire : Huchon est un garçon dévoué et fidèle, qui pécherait plutôt par excès de vertu, minimisant les épreuves qu'il a subies pour que personne ne puisse lui prêter l'envie de régler ses comptes. Et je le crois assez loyal à notre égard pour nous avouer une connerie qu'il aurait faite.

Gautier s'ébroua en se relevant. Ebranlé par la faconde et la largeur d'esprit de son ancien capitaine, mais pas totalement convaincu.

– Ma camionnette est réparée depuis une semaine, dit-il d'un ton pincé, et c'est vrai que j'aurais pu m'en servir pour aller tuer Guillaume à Aubin. Que vous ayez pu penser à ça me fait réfléchir. En tout cas, il est temps que je remonte vers ma thébaïde. Je ne suis pas certain d'avoir le projet d'en sortir bientôt. Je vous présente mes respects, mon capitaine.

Il s'inclina raidement devant le fauteuil roulant, serra à contrecœur la main qui lui était tendue et qu'il n'osa pas ignorer. Il regagna son véhicule par le même chemin que Raviel un quart d'heure plus tôt. Mais quand il démarra vers son gîte, il ne tourna pas la tête vers celui qui demeurait assis dans son jardin, pas plus qu'il ne leva la main en guise d'au revoir.

Hervieux se laissa aller contre le dossier de son fauteuil. Il se sentait physiquement las et s'avouait qu'il devrait recommander à Louise Courassous de lui rationner le cahors, qui l'alourdissait. Il n'avait guère que cinq ou six ans de plus que Raviel et Gautier mais se sentait infiniment plus vieux, ou plus sage. Sa longue immobilisation, qui lui avait laissé tant de temps pour penser aux choses de la vie, en était sans doute responsable. Avant d'appeler sa gouvernante pour qu'elle pousse son trône jusqu'à la maison, il se traita sans faiblesse de vieux fou maladroit. Peut-être avait-il oublié la bonne manière de commander et de parler aux hommes. Il n'avait réussi qu'à décevoir Huchon, qui était venu demander de l'aide et n'avait rien reçu, et à blesser profondément Gautier. Pour apaiser la blessure de celui-ci, il aurait dû lui raconter comment le gendarme-enquêteur avait eu le front d'envisager la culpabilité d'un invalide en chaise roulante ; ils en auraient ri tous deux. Mais il n'avait pas été assez sensible à la peine du libraire pour y penser à temps !

Les yeux clos, le souffle subitement court, Hervieux sentit ses pensées plonger dans un bain de goudron bouillant. Un éclair lui traversa le front et gagna ses deux carotides, avec la vigueur d'un garrot espagnol. Il se tendit comme un arc sur son fauteuil, privé de sens ; son corps trembla encore de longues minutes. Quand Louise Courassous sortit dans le jardin, surprise de n'avoir entendu aucun appel de son maître, elle comprit immédiatement qu'il n'y avait plus grand-chose à faire. Le docteur Pouyal, qui suivait la santé de son ami Hervieux depuis plus de quinze ans, ne put que confirmer ses craintes. Le président de l'amicale des anciens du maquis Vaillance était mort d'une attaque cérébrale.

18

– Ce que m'a raconté monsieur de Raviel m'a quand même troublé. Il apportait un éclairage tout nouveau sur l'affaire O'Shaffy. Pour lui, notre agent britannique était avant tout un grand sentimental. Sans qu'il l'ait dit expressément, le quart de siècle de recherches du mort n'avait pas pour but de découvrir des traîtres mais de retrouver une femme qu'il n'avait pas cessé d'aimer passionnément.

– Pourquoi ne l'aurait-il pas avoué tout simplement ?

Dans le calme du bureau de Tournayre, passé la minute de remerciements que l'adjudant-chef n'avait pu s'empêcher d'adresser à son bienfaiteur, et les deux minutes de ronchonnements que celui-ci avait consacrées à attribuer son intervention, au centre médical et à Bergerac, à son désir de rendement et d'efficacité personnelle de son meilleur enquêteur, le capitaine et Combes discutaient posément de leur problème.

– Auriez-vous accordé une entrevue à un étranger venu vous demander de retrouver une de ses anciennes conquêtes ? Maquiller cette histoire d'amour en drame de la Résistance était le plus sûr moyen d'obtenir l'aide des autorités.

– C'est peut-être vrai, mais nous n'en sommes pas plus avancés. La jeune Walkzack dont Raviel prétend qu'O'Shaffy était amoureux est morte depuis 1944. En tout cas, son nom figure sur les listes des décès de cette époque à la mairie de Cransac. Et il n'est pas possible, même si son ancien soupirant l'ignorait en revenant dans le pays, qu'il se soit suicidé. Vous l'avez prouvé vous-même. Il y a donc un meurtrier.

– D'accord. Supposons qu'il se soit aperçu le soir où il a été tué que la morte d'autrefois n'était pas Elizabeth Walkzack mais une autre femme, et que son idole de jeunesse toujours vivante avait enterré son souvenir et avait fait sa vie avec quelqu'un d'autre. S'il l'a retrouvée et a voulu la reconquérir, il a pu se heurter à deux adversaires décidés à défendre leur bonheur reconstruit.

Le capitaine Tournayre regarda le plafond de son bureau avec la mimique incrédule d'un gardien de prison auquel on raconte une fable de réinsertion sociale.

– Vous nagez en plein roman-photo, mon pauvre Combes. La tendre héroïne confrontée aux deux hommes qui se sont partagé sa vie et son cœur ! Je vous rappelle que nous avons à résoudre une affaire de meurtre, pas de courrier du cœur.

– Laissez-moi donc continuer mon roman, mon capitaine. J'en suis au chapitre où O'Shaffy rencontre enfin son Elizabeth toujours solide au poste mais mariée à, disons, quelqu'un de bien connu, comme Alain de Raviel, un très vieil ami, seul survivant de la vieille tragédie. Voilà un couple qui risque de ne pas supporter le retour en scène d'un Britannique oublié ; et le vieux Guillaume se retrouve dans sa voiture de location avec les vertèbres brisées et une balle dans le crâne.

Toujours soucieux de la preuve matérielle, le capitaine ne pouvait se défendre de la séduction chatoyante qu'exerçaient sur lui les élucubrations de son adjudant-chef.

– Bon Dieu ! Combes, objecta-t-il seulement, est-ce qu'Huchon a reconnu avoir épousé Elizabeth Walkzack, déclarée morte par erreur ?

– C'est la première chose que je vous aurais dite. Je sais seulement qu'il est marié parce qu'il m'a signalé par hasard pendant notre conversation qu'il était momentanément seul chez lui, sa femme étant en visite pour quelques jours chez sa mère.

– Si j'ai bien retenu ce détail de l'aventure des Walkzack, la mère est retournée en Pologne en 1946. Madame de Raviel n'est donc pas une de ses filles. Votre échafaudage s'écroule, mon vieux !

Peut-être parce que, grâce à Tournayre, l'espoir de voir Claire se réveiller le lendemain matin lui avait redonné du tonus, Combes était tout sourire devant l'incrédulité du capitaine.

– Ce que nous en savons, dit-il presque joyeusement, est uniquement ce que m'a raconté Huchon le hargneux. Je crois que nous devrions contrôler auprès des mairies de Cransac et d'Aubin l'exactitude de ces renseignements. Quelques coups de téléphone donnés de votre part et nous aurons toutes les confirmations voulues.

– Allez-y, accepta son supérieur subjugué, vous parlez en mon nom. Je vous connais depuis des années et j'avais des doutes sur vos méthodes d'investigation, mais j'avoue que je n'imaginais pas à quel point vous cherchez à plier les faits pour qu'ils correspondent à vos hypothèses.

Mi-fâché, mi-captivé, Tournayre affecta de consulter quelques notes sorties d'un dossier sans importance, tout en observant l'espèce de passion que mettait Combes à téléphoner, à convaincre ses correspondants de l'urgence de son appel, de l'importance de leurs réponses. Visiblement, pourtant, les résultats ne répondaient pas aux espoirs du demandeur. Il ne s'en montrait pas furieux, mais impatient :

– Huchon n'est pas chez lui, ou ne répond pas. La mairie d'Aubin n'a enregistré aucun mariage d'un nommé Raviel entre 1946 et 1960 ; la mairie de Cransac non plus !

– Peut-être est-il allé faire ses noces à Notre-Dame de Paris, chercha à ironiser le capitaine, conscient aussitôt de l'inanité de sa plaisanterie ; autant avouer qu'il ne comprenait rien aux questions que se posait son adjoint, et s'excuser de son inutilité.

– Je crois me souvenir que le président Hervieux m'a raconté avoir été témoin d'Huchon pour la circonstance, réfléchit

Combes, que les difficultés ne semblaient pas abattre. Je vais essayer de le joindre.

Malgré trois ou quatre répétitions du numéro d'Espalion, personne ne répondit dans la maison de l'invalide. Peut-être était-ce l'instant où Louise la fidèle suppliait en larmes le docteur Pouyal de se secouer pour ramener son maître à la vie ; peut-être avait-elle déjà commencé la toilette du mort. Le silence du téléphone avait quelque chose de définitif. Combes avait parfaitement perçu l'attente peu charitable de son capitaine et il ne voulait pas lui accorder la satisfaction de reconnaître un échec. Il lui restait encore une filière, plus rapide que la demande de renseignements d'état civil adressée à la mairie de Cransac, qui ne recevrait pas de réponse avant trois jours au moins.

– Madame Kalmann ? demanda-t-il.

Tournayre leva les sourcils en entendant les ronds de jambe vocaux de son adjudant-chef. Cet entêté ne démordait pas de son idée farfelue ! Qui était cette Kalmann ?

– La secrétaire des Anciens Combattants de la Résistance, chuchota Combes, entre deux sourires exaspérants adressés à son combiné.

Mais oui, madame Kalmann se souvenait parfaitement du mariage de monsieur de Raviel, auquel elle avait assisté en compagnie de monsieur Hervieux. C'était… Mon Dieu, comme le temps passe, c'était en juin 1948, à Lanuéjouls, village natal du marié. Le jeune couple avait l'air si amoureux, et tout le monde était si ravi que leurs épreuves soient enfin terminées, que cette cérémonie avait marqué les mémoires. La secrétaire de l'AACR de l'Aveyron croyait se souvenir qu'elle avait classé dans ses archives quelques photographies de cette belle journée. Monsieur Combes serait-il heureux d'en recevoir quelques copies ? Oui, monsieur Combes l'apprécierait énormément, admit l'intéressé, sans oser lever les yeux vers le visage du capitaine, dont il imaginait sans peine l'expression sarcastique. Il ne les leva pas davantage quand il eut raccroché — l'urgence excuse tout ! — au nez de madame Kalmann et quand il appela la mairie de Lanuéjouls.

Cette fois, l'attente ne dura que quelques minutes. Les renseignements devaient être précis, car le demandeur, téléphone coincé entre l'épaule et l'oreille, les transcrivit soigneusement sur une feuille blanche avant de remercier.

Après quoi, d'une voix dont il essaya de bannir tout triomphalisme, il lut les quatre lignes à un Tournayre sidéré :

– « Ce vingt-quatre juin 1948, à onze heures du matin, nous, Auguste Miollès, maire adjoint de la commune de Lanuéjouls (Aveyron), avons procédé au mariage d'Alain-Pierre de Raviel, dit Huchon, né le 12 janvier 1920 à Lanuéjouls, et de Valentina Walkzack, née à Cransac (Aveyron) le 12 juin 1927. Ont signé le présent registre les témoins J. Hervieux, domicilié à Espalion, pour le marié, et Marie Walkzack, domiciliée à Cransac, pour la mariée. » Peut-être, ajouta Combes après quelques secondes consacrées à la digestion de ces informations, aurais-je dû commencer par poser les questions qu'il fallait. Notre ami Huchon est évidemment au cœur du problème. Je vais retourner le faire frire dès demain matin.

– N'oubliez pas que vous devez être d'abord ici à neuf heures, précisa le capitaine. C'est Girassol qui passera la nuit à surveiller le domicile de ce monsieur et à lui interdire d'en sortir avant votre arrivée, vers midi.

Il ne jugea pas conforme à sa dignité de féliciter trop chaudement son subordonné. Après tout, comme il venait de le dire lui-même, il avait mis trois jours pleins à obtenir des précisions qu'il aurait dû réclamer dès le premier jour à ses témoins. Plus il réfléchissait à ce qu'il venait d'entendre, et plus Tournayre retrouvait dans les détours et les révélations de cette enquête la caractéristique exaspérante de la méthode « Combes » : augmenter au maximum le nombre des suspects pour que la désignation d'un coupable finisse par relever d'un pur hasard !

– Dans le cas présent, l'entrée en scène des Polonaises de Cransac ne prouve rien, sinon la fidélité que leur avait témoignée Huchon.

– Accessoirement, rectifia Combes, vexé de la froideur de son capitaine, elle prouve aussi que ce bonhomme m'a menti, en prétendant que ces femmes étaient reparties dans leur pays natal en 1946.

– Rien n'explique la cause de ce mensonge, sauf qu'il n'avait pas envie de faire subir une nouvelle épreuve à sa femme.

– Tant que vous y êtes, mon capitaine, admettez que pour empêcher cette épreuve, le sieur Huchon a pu trucider O'Shaffy.

– Comme ça, sans raison particulière, parce qu'il était revenu au pays au bout de vingt-quatre ans ?

– Parce qu'il accusait les Walkzack de l'avoir trahi autrefois

Tournayre s'arrêta net. Ce dialogue de joueurs de ping-pong lui apparaissait soudain pour ce qu'il était réellement, l'entêtement enfantin de deux adultes trop sourds pour s'écouter mutuellement. Il leva une main apaisante.

– Je suis tout prêt à étudier vos arguments. Lentement. Un par un. Si vous me persuadez qu'Alain de Raviel est l'auteur du meurtre d'O'Shaffy, je le fais boucler dès ce soir. Nous l'interrogerons ici même demain après une bonne nuit de réflexion.

C'est à chaque fois la même chose, se dit Combes ; au lieu d'entretenir mon envie de foncer, le vieux refuse de jouer la contradiction. Il n'a rien à m'opposer et attend que je lui ficelle le paquet, avec toutes les preuves bien nettes.

– J'aimerais quand même pouvoir penser que mes intuitions, à défaut de preuves encore à venir, ont des chances de vous séduire. Pourquoi, par exemple, ne croyez-vous pas que les Walkzack aient pu dénoncer les trois membres de Vaillance cachés à Masclès aux Allemands ?

– Eh bien, quand l'auraient-elles fait ? Après que le père de famille a été abattu ?

Après l'assassinat de la sœur aînée dans la grand-rue ? Pourquoi ces trois femmes auraient-elles choisi de livrer un Anglais qu'elles connaissaient à peine, et qui était peut-être parti se planquer dans la nature, plutôt que le nommé Justin. Souvenez-vous ; d'après la mère, c'est à cause de ce séducteur que le mal s'était abattu sur sa famille.

Allons ! Le père Tournayre avait encore de la défense, il jouait le jeu ! Les neurones de Combes pouvaient se remettre à divaguer.

– J'imagine les choses ainsi, avança-t-il. Quand les Allemands surgissent chez les Walkzack, le père a un geste de rébellion et se fait tuer. Elizabeth, la pasionaria, saute par la fenêtre sous le nez des guetteurs qui bouclent les accès de la cagna, dans la rue. Ils l'abattent. Les agents de la Gestapo, à l'intérieur, tiennent la mère et les deux autres filles. Ils leur promettent la vie sauve si elles leur livrent les résistants avec lesquels elles sont en contact. Elles savent que Justin est parti quelques heures avant en opération vers la route de Figeac. Renseignement trop imprécis pour que les questionneurs s'en contentent. Alors, elles parlent de l'Anglais qui a ramené Elizabeth une heure plus tôt, et qui a dit vouloir bivouaquer à Masclès. Un Anglais ? Bonne prise ! Les trois femmes sont emmenées à la Kommandantur d'Aubin et les Allemands montent leur piège sur Masclès. Après leur succès, ils ont relâché les survivantes et les ont envoyées se faire pendre ailleurs. A cause de leur double deuil, personne n'a osé les soupçonner et refusé de les considérer comme résistantes bon teint. Seule la seconde fille, la nommée Andréa, n'a pu supporter les remords de cette trahison, et a voulu repartir en Pologne en 46 pour refaire sa vie ailleurs !

Combes avait du talent pour rendre plausible une histoire fabriquée de toutes pièces, admettait le capitaine. Il était seulement dommage que, pour les besoins de sa cause, il accordât à tel ou tel de ses personnages des sentiments ou des comportements conformes à ses hypothèses.

– Disons que vous avez des dons de scénariste, attaqua Tournayre. Votre façon de reconstituer le drame des Walkzack pourrait être proche de la réalité. Mais pourquoi réserver les remords à la seule Andréa, à laquelle personne ne prêtait de dérive sentimentale à l'époque ? Je trouve que la plus jeune sœur, Valentina, celle qui a épousé

Huchon après l'avoir attendu fidèlement plusieurs années, doit avoir un caractère de fer. Rendez-vous compte ! Toutes les nuits, sentir sur sa peau la caresse des doigts mutilés de son mari et se dire : « Je suis responsable de ses supplices ! »

– Oh, concéda Combes, que l'évocation gênait, peut-être a-t-elle tout avoué à son mari ! Ce qui pourrait expliquer l'étonnant désir d'oubli manifesté par celui-ci.

– Je comprends qu'il ait pu pardonner à sa femme, mais moins à sa belle-mère ! Où vit-elle, celle-là ? Chez son gendre ?

Combes ne put retenir un rire nerveux devant la semi-capitulation de son contradicteur.

– C'est le moment le plus passionnant d'une enquête ; celui où on commence à étayer une hypothèse avec un tas de petits détails entendus sans même les avoir remarqués. Demain je ne sortirai pas de chez Raviel sans avoir le fin mot de cette histoire !

– D'accord, conclut Tournayre, demain. Après-midi, après votre sortie du centre médical. Ne poussez pas trop loin la conscience professionnelle. La solution de l'affaire O'Shaffy peut parfaitement attendre que soit dénouée la situation médicale de votre femme.

– Laissez-moi encore en discuter avec vous, mon capitaine. Depuis que vous m'avez laissé entrevoir une possible amélioration de l'état de Claire, je vis sur des charbons ardents. L'assassinat du British m'occupe l'esprit, c'est tout !

– Occupez-vous comme vous l'entendez, mais laissez-moi à mes occupations personnelles. J'ai autre chose en tête, et d'aussi urgent. Allez finir l'après-midi avec vos enfants. Confiez-les pour dîner à la jeune Marie Frayssou, qui m'a eu l'air de goûter vos rejetons autant que leur père, et passez une soirée tranquille à faire des projets d'avenir avec votre belle-mère. Qui sait ? Vous pourriez être muté à Bergerac !

La lueur d'angoisse qui traversa le regard de l'adjudant-chef parut au capitaine à peine suffisante pour lui faire payer cette si énervante agilité d'esprit.

19

A Bonne-Mine, en une soirée et une nuit, l'atmosphère était devenue irrespirable pour madame Gasparède.

Sans doute un psychiatre ou un spécialiste des maladies nerveuses qui se serait intéressé à son cas eût-il diagnostiqué l'existence de nombreux complexes, de frustration, de persécution, d'infériorité relationnelle, de supériorité non reconnue, voire d'agoraphobie. Mais enfin, depuis la mort de son ingénieur principal de mari, elle s'était accommodée à la fois de toutes ces maladies du comportement et de la présence de sa « dame de compagnie », atrabilaire, autoritaire et envahissante. Elle ne s'était jamais rendu compte à quel point l'acceptation de cette présence l'avait amenée sur le fil du rasoir, à la limite de ses capacités de résistance.

L'irruption, dans le monde qu'elle partageait si mal avec Marie, d'une autre femme, encore jeune, d'apparence inoffensive mais sait-on jamais, l'avait jetée dans une angoisse irraisonnée. C'était une peur qui n'avait rien de physique, quoique l'inconnue lui eût été présentée comme une parente proche de sa gouvernante à tout faire, ce qui pouvait laisser craindre que les deux femmes en voulussent à ses biens ou à sa vie. Plusieurs fois, depuis des années, il était arrivé à madame Gasparède de rester seule le soir à Bonne-Mine quand Marie déclarait aller en visite chez une connaissance à Cransac ; ces soirs-là, la maîtresse des lieux, sans craindre l'effraction de portes fermées à double tour, se gargarisait de sa solitude, sirotait quelques verres d'alcool sortis de sa réserve cachée et s'endormait béatement avant le retour de sa compagne, sans même entendre ses bruyants tours de clef.

Non, cette dernière venue, malgré sa politesse silencieuse et son regard inquiet, n'avait en elle-même rien d'angoissant. Elle était comme une plume tombée sur le plateau de la balance que madame Gasparède avait mis toutes ses forces à équilibrer si longtemps. Maintenant, sous le poids infime de cette plume, elle savait l'équilibre rompu et se sentait basculer de plus en plus vite vers une horrible obscurité sans nom.

La première épreuve avait été le dîner que Marie lui avait servi dans sa chambre du rez-de-chaussée, à côté de la salle commune. Encore la dame de compagnie y avait-elle presque mis les formes :

– Vous serez plus tranquille chez vous. Tina et moi avons à parler de choses personnelles qui ne vous regardent pas.

La dîneuse solitaire avait eu beau recourir à sa bouteille secrète de cordial pour se soutenir, elle n'avait pu s'empêcher d'entendre le murmure animé des conversations de l'autre côté de la porte. Elle n'avait pas distingué grand-chose, à peine un « il fallait le faire » plein de satisfaction, et un « c'était un salaud » tranchant. Juste de quoi ouvrir des horizons à une imagination malade. De cauchemar en cauchemar, madame Gasparède avait donc imaginé le pire. Ce qui n'était pas encore très grave, le pire pour chacun étant limité à ce qu'il sait ; la pauvre femme ne savait pas grand-chose et ses craintes se bornaient à la classique chute dans un puits noir, à un incendie de sa maison et à un spectacle d'avortement de Grand-Guignol où l'accouchée était l'ambiguë Tina, la faiseuse d'anges Marie, et le suborneur, surgi au dernier instant, un énorme monstre barbu et sale.

Après une telle nuit, c'était à peine si la malheureuse avait osé ouvrir sa porte le lendemain matin, pour apporter à la cuisine le plateau de son dîner. Elle n'avait pas trouvé grand réconfort à découvrir sa nouvelle pensionnaire accoudée devant un bol de café qui ne fumait même plus. Elle n'était pas maquillée, ce qui rendait très visibles les cernes sous les yeux et les rides encadrant la bouche mince. Le casque de courts cheveux noirs, ébouriffé, laissait paraître des racines blondes. Madame Gasparède crut trouver dans cette allure abandonnée et ce style négligé assez de supériorité pour reprendre sa place de maîtresse de maison. Les yeux fixes, les fanons tremblotants, elle avait elle-même l'air d'une statue de gélatine :

– Avez-vous bien dormi, ma chère ? Je ne vous ai pas entendue quand vous êtes montée vous reposer !

Les yeux bleus la traversèrent comme un ectoplasme et la bouche mince laissa tomber une fin de non-recevoir définitive :

– Fichez-moi donc la paix ! On m'a promis que vous me laisseriez tranquille. Alors, faites ce que vous avez à faire et ne vous occupez pas de moi.

– Mais où donc est Marie ? s'accrocha la veuve reprise par son inquiétude. C'est toujours elle qui me prépare mon déjeuner !

– Eh bien, aujourd'hui, vous vous débrouillerez toute seule.

Après cette double rebuffade, madame Gasparède regagna sa chambre en se privant de son café au lait. Elle passa la matinée en peignoir à faire la navette entre le pied de son lit et le premier tiroir de sa commode, dont elle extirpa inconsciemment une douzaine de mouchoirs aussitôt transformés en charpie. Elle ne revit sa dame de compagnie qu'à midi, quand la mégère lui apporta une assiettée de soupe épaisse.

Cette fois encore, sa tentative de reprise en main fut un échec.

– Marie, j'ai oublié de passer hier à la pharmacie pour mes pilules. Je vais téléphoner à Popeck pour qu'il vienne me chercher vers quatre heures.

– Vous ne téléphonerez à personne. Ni aujourd'hui, ni demain. Nous devons rester discrètes. Ne vous inquiétez pas. J'ai un flacon de vos pilules dans la cuisine. Si vous voulez éviter les ennuis, montrez-vous donc obéissante.

Madame Gasparède ne résista pas davantage à l'angoisse envahissante qui lui gonflait la poitrine. Elle se laissa choir lourdement sur une chaise devant sa coiffeuse à miroir de style Lévitan et laissa ses larmes couler dans l'assiette de soupe posée devant elle, entre ses brosses à cheveux et ses peignes de faux ivoire.

Il était six heures passées, autant dire presque la tombée du crépuscule, quand le bruit d'un moteur de voiture, de l'autre côté du jardin-jungle, la réveilla d'une somnolence à éclipses qui l'avait abrutie tout l'après-midi. Elle était toujours en robe de chambre de finette, maintenant toute fripée ; elle avait dormi roulée en boule sur son édredon et elle avait froid, ayant oublié de se couvrir ou d'allumer du feu dans son poêle Godin. Pendant qu'elle écoutait, avec un mélange d'inquiétude et d'espoir, cette nouvelle manifestation d'activité inhabituelle, elle entendit le trot des deux femmes qui descendaient l'escalier et se précipitaient dans la cuisine. Puis une voix qui appelait, de l'extérieur. Une voix masculine, assourdie mais pressante. Un dialogue animé s'engagea entre l'homme qui voulait entrer et Marie qui lui reprochait cette visite imprudente. Plus aiguë, la voix de celle qui s'appelait Tina semblait prendre parti pour le nouvel arrivant.

Madame Gasparède, qui croyait trouver, Dieu savait pourquoi, un défenseur dans cet inconnu, ou du moins, puisqu'elle était incapable de préciser quel danger elle courait, un allié contre les deux femmes qui la tourmentaient depuis la veille, jugea qu'il était temps de rappeler qu'elle était chez elle la maîtresse. Elle déboula dans la cuisine, le visage courroucé comme celui d'un clown de cirque, en hurlant :

– Laissez entrer cet homme ! C'est un ordre !

Cette irruption tragi-comique réussit du moins à libérer Tina des mains de l'autoritaire gouvernante, stupéfaite par la crise d'autorité de madame Gasparède. Tina courut jusqu'à la porte, donna deux tours de clef et tira le vantail.

– Est-ce que c'est fini ? Je peux repartir chez nous avec toi ? cria-t-elle, presque en sanglotant, à l'homme apparu sur le seuil.

Marie sembla se désintéresser subitement de l'arrivée spectaculaire de la maîtresse de Bonne-Mine, qu'elle envoya d'un bras vers la table. Elle aussi se précipita vers leur visiteur.

– Alain, vous êtes fou d'être venu jusqu'ici ! Si quelqu'un vous a suivi, il découvrira qui je suis.

L'homme était entré maintenant et la porte avait été promptement refermée derrière lui. Madame Gasparède, appuyée des deux mains à la toile cirée grasse, le dévisageait avec des yeux de folle : alors qu'elle attendait un héros libérateur grand, blond, au regard fulgurant, elle ne découvrait qu'un garçon à la mine ingrate, aux cheveux brun-gris coupés en brosse rêche, à peine plus grand que la femme brune et à l'air angoissé.

– Ecoutez, dit-il, je crois que ce qui vous inquiète n'est pas le plus important. Il est temps à mon avis de lâcher du lest. Même de tout raconter aux autorités. Après tout, nous sommes du côté de la loi.

Accrochée à son bras, regardant Marie avec ce qui pouvait passer pour du défi, la jeune femme avait évidemment pris parti.

– De toute façon, mère, tu ne pourras pas empêcher ta vieille compagne de parler à droite et à gauche. Dieu sait ce qu'elle racontera. Mieux vaut que la vérité soit dite à ceux qui doivent la connaître. Le prix n'en sera pas cher !

La grande Marie tourna la tête vers la ruine encore pliée en deux sur la table et la soupesa froidement d'un œil ouvertement méprisant.

– Si je veux, réfléchit-elle à voix lente, je peux l'empêcher de parler définitivement. Ou l'empêcher de sortir d'ici. C'est moi qui irai faire les courses en ville.

– C'est ridicule, dit l'homme. Vous vous préparez à commettre de nouveaux délits plus graves que celui qu'on peut vous reprocher. Laissez cette pauvre femme tranquille. Enfermez-la dans sa chambre ou à l'étage pendant que nous discutons de nos affaires et calmez-vous toutes les deux.

Le sauveur n'avait peut-être pas le physique de l'emploi, mais il était, sans violence, plus efficace que madame Gasparède ne l'avait espéré. Sa dame de compagnie elle-même s'approcha d'elle, la prit par le bras pour la remettre debout et prit un ton sucré pour tenter d'effacer cette lueur de panique dans ses yeux.

– Tina va vous préparer une bonne tasse de chocolat très chaud que vous allez siroter confortablement dans votre chambre pendant que nous trois allons régler une importante histoire de famille. Soyez gentille, vous n'avez rien à craindre.

– Il fait froid dans ma chambre, gémit la veuve, sans résister davantage, avançant à petits pas précautionneux, comme une opérée qu'on oblige trop tôt à remettre le pied par terre.

– Je vais vous allumer le Godin, décida Marie, en veine d'amabilité.

– Ne vous en faites pas, madame, crut bon d'ajouter l'homme, dans une heure au plus vous aurez retrouvé vos chères habitudes.

Venant après ses angoisses croissantes, ces attentions successives eurent l'effet le plus néfaste sur le bon sens de la victime. Tout le monde lui paraissait maintenant tellement amical et compréhensif qu'elle se redressa, échappant à la main de sa dame de compagnie, et sourit à ses trois interlocuteurs :

– Je pourrais rester avec vous, proposa-t-elle, et peut-être vous donner quelques conseils, si vous voulez bien me raconter ce qui vous pose un problème.

Le visage des trois autres changea sur-le-champ d'expression. Devant la cuisinière, Tina laissa tomber la casserole pleine de lait qu'elle s'apprêtait à poser sur le feu.

L'homme leva les yeux au ciel d'un air excédé. Quant à la gouvernante, elle arracha des deux mains madame Gasparède à sa béatitude, la propulsa violemment vers la porte de sa chambre et la jeta sur son lit défait.

– Vous allez cesser de vous mêler de ce qui ne vous regarde pas, gronda-t-elle menaçante. C'est la dernière fois que je vous le dis.

Deux tours de clef dans la serrure, de l'extérieur, confirmèrent à la prisonnière que son sort avait encore empiré.

L'heure promise par Alain de Raviel était sans doute passée depuis longtemps. Il faisait complètement nuit quand la vieille dame séquestrée dans sa chambre s'était réveillée du choc causé par la brusque colère de sa femme de ménage-gouvernante. Les persiennes de sa fenêtre ne laissaient même pas passer la pâle lumière du réverbère dressé de l'autre côté de son jardin, à hauteur de la barrière où s'arrêtait d'habitude le taxi de Popeck. Elle mit de longues minutes à analyser sa situation. Elle était à plat ventre sur son lit. De la cuisine lui parvenait un vague murmure de conversation, monotone le plus souvent. Parfois quelques éclats de voix indiquaient que les protagonistes n'étaient pas d'accord, puis le murmure reprenait, sur le ton mineur. Aucune parole nette. Aucune phrase qui pût être attribuée à l'une ou l'autre des trois voix. Ce bruit de fond commençait à avoir sur madame Gasparède un effet soporifique qui faillit l'endormir à nouveau. Elle réagit, poussée par la terreur qui l'étreignait.

D'abord, y voir clair. En tâtonnant, faisant une fixation sur sa crainte de renverser la lampe de chevet, elle réussit à trouver le commutateur. Elle le manœuvra, en osant à peine respirer. Elle ne savait pas, ou ne se souvenait pas si sa porte fermée laissait ou non passer un rai de lumière vers la cuisine. Quelle serait la punition que lui infligeraient les conspirateurs s'ils percevaient cette marque de réveil, cette reprise d'initiative ?

Elle se rassura à demi en constatant que la tonalité des voix était inchangée. Toujours incapable de définir exactement ses angoisses, elle chercha ce qu'elle pourrait faire, concrètement, pour échapper à son emprisonnement dans sa propre maison. Il ne fallait pas songer à la fenêtre ; jamais ouverte, elle devait être bloquée et les persiennes étaient clouées par mesure de sécurité depuis le décès de son mari. Elle n'avait aucun outil pour les forcer. Le bruit donnerait d'ailleurs l'éveil à ses geôliers et elle n'était pas sûre de pouvoir physiquement enjamber la murette et sortir dans le jardin.

C'est le hasard qui lui fit tourner les yeux vers le secrétaire en noyer qu'elle appelait pompeusement son bureau, sur lequel, entre deux photographies des jours heureux, représentant l'ingénieur en chef au faîte de sa puissance en compagnie de son épouse, à peine rondelette, en capeline et robe à fleurs, s'empoussiéraient deux ou trois prospectus sans intérêt et l'annuaire départemental du téléphone. Noir et luisant dans la lumière de la lampe, le combiné, sur son socle, avait l'air d'attendre sa main. Son cœur fit un bond quand l'image de Matthias Popeck s'imposa à elle, comme celle d'un nouveau sauveur.

Elle se précipita sur l'annuaire, qu'elle feuilleta nerveusement. Elle dut s'y reprendre à trois ou quatre fois pour trouver d'abord ses lunettes, puis la page et la ligne souhaitées, enfin un crayon pour noter le numéro, pourtant connu par cœur.

Elle prenait sa respiration pour trouver le courage d'appeler son chauffeur de taxi quand le ton de la conversation, dans la cuisine, monta subitement à un paroxysme. Les cris éclataient aux oreilles de madame Gasparède comme s'ils avaient été hurlés à côté d'elle.

– Non, Alain ! Je vous ferai taire par la force !

– Mère, non ! Alain a raison ! C'est moi qui te dénoncerai !

– Fille perdue ! Tu verras quand tu seras veuve !

– Non, Tina, non ! Pas ça…

Un grand cri informe, surprise, douleur, peur mêlées, précéda deux à trois secondes de silence.

Dans sa chambre, le téléphone tremblant contre l'oreille, la séquestrée ne s'était pas encore aperçue que son correspondant s'inquiétait :

– Bon Dieu ! Qui appelle ? Allô ? Qu'est-ce qui se passe, on tue quelqu'un ?

Dans la cuisine, des pas se précipitaient vers la porte de la chambre. La clef commença à tourner dans la serrure. Tétanisée, la femme chuchota dans son combiné :

– Vite, monsieur Popeck ! Ici madame Gasparède, on veut m'assassiner !

Elle lâcha l'appareil vociférant sans le raccrocher et recula jusqu'à son lit, les mains devant la gorge. La porte ouverte à la volée, elle vit dans sa cuisine le corps immobile de sa dame de compagnie, vautrée sur le linoléum de la table, et la silhouette de Tina, agitée par les sanglots, penchée sur celle qu'elle avait appelée sa mère.

Dans la chambre, d'une voix pressée, l'homme que les femmes nommaient Alain appelait les secours :

– S'il vous plaît, docteur, venez rapidement. A la villa Bonne-Mine chez l'ingénieur Gasparède. Non, non, ce n'est pas la propriétaire, c'est ma belle-mère. Je vous expliquerai.

En raccrochant, il adressa une grimace d'excuse aux yeux épouvantés qui le fixaient et retourna dans la cuisine. Crise de nerfs pour crise de nerfs, il avait choisi de consoler sa femme plutôt que madame Gasparède.

20

– Nom d'un chien, sacra Joseph Combes furieux, on ne dérange pas les gens en pleine nuit pour leur expliquer comment s'est déclenchée une scène de ménage !

Il n'avait pas cessé de pester depuis qu'un gendarme de permanence était venu tambouriner à sa porte, à Rodez, pour le réveiller.

– Vite, mon adjudant-chef, on vous demande au téléphone. C'est très urgent !

– Quoi ? Quelle heure est-il ?

– Deux heures et quart !

Il était maintenant presque quatre heures. Le premier à subir la mauvaise humeur de Combes avait été le chef Girassol, qui ne serait sans doute jamais, après cette algarade, un ami du meilleur limier du département. Le chef avait raconté, de sa voix la plus glacée, qu'un chauffeur de taxi du nom de Popeck était venu en catastrophe à la gendarmerie annoncer qu'un crime était en train de se commettre à la villa Bonne-Mine, sur les hauts de Cransac. Il avait rendu compte que, s'étant porté à ladite villa, il y avait trouvé trois femmes, dont l'une, la propriétaire, paraissait folle à lier, et la seconde, présentée comme la gouvernante, se réveillait à peine d'une syncope consécutive à un coup sur le crâne. La maisonnée comptait également deux hommes, un docteur appelé pour soigner la gouvernante et le mari de la troisième femme. Le fait que ce mari prétendait s'appeler Alain de Raviel avait fait tiquer Girassol, car, selon les ordres reçus du capitaine, deux des hommes de sa brigade étaient justement en train de surveiller la demeure du susdit à Cransac. Outre cette coïncidence, cet Alain de Raviel, dès l'arrivée de Girassol à Bonne-Mine, avait demandé la présence de l'adjudant-chef Combes auquel il affirmait vouloir faire des révélations. Le chef de brigade d'Aubin, sur demande expresse de son correspondant à Rodez qui lui demandait où diable se trouvait cette fichue villa Bonne-Mine, avait accepté qu'un gendarme attendît l'adjudant-chef à la gendarmerie d'Aubin pour lui servir de guide.

– De toute façon, avait-il commenté, nous avons l'habitude de mettre le maximum d'effectifs sur les affaires dont vous vous occupez.

Cette insolence n'avait pas contribué à calmer un enquêteur qui trouvait passablement anormal d'être convoqué par un témoin. Mais il n'en avait pas moins décidé sur-le-champ de se rendre à la convocation. Faire réveiller un conducteur et fréter une voiture non prévue dans le cahier d'ordres du capitaine avait pu laisser croire à un Combes particulièrement impatient que tout le personnel de la maréchaussée du chef-lieu cherchait à l'irriter davantage. Dès son arrivée à la gendarmerie d'Aubin, il s'était aperçu que ce mauvais vouloir n'était pas l'apanage des subordonnés ruthénois : le guide désigné pour mener l'adjudant-chef à Bonne-Mine, où Girassol montait la garde, venait d'être affecté à la brigade, et se trompa naturellement d'orientation et de carrefour, emmenant successivement à un lieu-dit baptisé Combes, puis à l'entrée du village de Firmi, son client de plus en plus écumant.

A trois heures et demie, découvrir au bord d'une route empruntée par hasard, alignés au long d'une barrière, une ID poussiéreuse, un taxi Renault dont une portière était ouverte et une autre Jeep de gendarmerie, dans laquelle somnolait le conducteur derrière son volant, tenait un peu du miracle. La présence d'un Girassol hargneux, de l'autre côté de la barrière, fut le signal d'une mercuriale comme un maréchal des logis-chef de gendarmerie n'en reçoit pas beaucoup dans sa carrière.

– Le capitaine Tournayre, à qui j'en rendrai compte dès mon retour à Rodez, lui dit sous le nez un supérieur hiérarchique dangereusement calme, appréciera la façon cavalière dont vous vous conduisez au cours de cette enquête. Après vous être montré il y a quelques jours incapable de surveiller un véhicule au parking, vous avez cette nuit, dans un cas d'urgence, jugé du dernier comique de désigner comme guide un gendarme nouvellement affecté totalement ignorant de la topographie locale, vous rendant ainsi responsable d'un retard qui pourrait être préjudiciable aux recherches. Vous voudrez bien attendre ici, dans le jardin, que je vous donne de nouveaux ordres en ressortant de cette maison, quelle que soit l'heure.

A peine soulagé, Combes s'était vu ouvrir la porte de Bonne-Mine par Alain de Raviel. L'assureur avait lui aussi l'air sombre. Il n'avait pas laissé à l'arrivant le temps de s'étonner du décor, mais l'avait tiré par la manche jusqu'au bord de la table et avait poussé une chaise sous ses genoux, avant de lâcher, en guise d'introduction :

– Voyez-vous, je ne pouvais rien vous dire avant d'en avoir discuté sérieusement avec ma femme et ça s'est assez mal passé.

– Nom d'un chien, avait répondu Combes furieux, on ne dérange pas les gens en pleine nuit pour leur expliquer comment s'est déclenchée une scène de ménage.

Raviel le regarda d'un air déçu, comme s'il avait espéré une compréhension plus immédiate de ses intentions.

– Je vois, dit-il, qu'il va falloir que je vous raconte une nouvelle fois une histoire d'amour qui a très mal tourné. Je suis sûr qu'elle vous intéressera. Elle vous fera comprendre comment et pourquoi est mort William O'Shaffy.

– La semaine dernière, commença Raviel quand le gendarme parut enfin assez apaisé pour l'écouter sans interrompre, j'étais allé à Toulouse pour quelques comptes avec la direction régionale de ma société. J'avais prévu de rentrer à Cransac assez tard dans la nuit, comme cela m'arrive environ une fois par mois. Ces jours-là, ma femme, qui n'aime pas rester seule le soir à la maison, demande généralement à sa mère de venir lui tenir compagnie. Elle dort dans une chambre d'amis et je la ramène chez elle le lendemain matin de bonne heure.

– Pourquoi votre belle-mère n'habite-t-elle pas chez vous ? Parce qu'elle ne s'entend pas avec vous ? Ou parce que vous craignez des ennuis à cause de ses problèmes d'état civil ?

Raviel tenta de paraître étonné par la question de Combes. Mais sa pâleur soudaine était révélatrice de l'inquiétude que cette question avait fait naître. Elle prouvait que les enquêteurs avaient creusé assez profond pour découvrir ce qu'ils avaient voulu cacher depuis si longtemps. D'ailleurs, l'adjudant-chef n'attendait pas davantage pour étaler ses cartes.

– Ecoutez, monsieur Huchon... Pardonnez-moi, je préfère vous donner votre nom de résistance ; c'est sous ce pseudonyme que je vous ai introduit dans mon scénario. Je souhaite écouter votre histoire sans vous couper sans arrêt vos effets, mais il faut qu'auparavant nous éliminions toutes vos petites cachotteries. Nous savons fort bien que vous avez épousé en 1948 mademoiselle Valentina Walkzack, que vous aviez connue au temps des maquis, et que le témoin de votre femme à son mariage était sa mère, Marie Walkzack, prétendument rentrée en Pologne deux ans avant la cérémonie de Lanuéjouls. Entre autres petites choses, j'aimerais que vous me disiez pourquoi votre belle-mère a trouvé une remplaçante pour retourner sous son nom dans son pays, et où elle a vécu durant ces vingt dernières années.

– En 1946, convint Huchon, avant que je ne sorte des ennuis de santé que vous connaissez, Marie Walkzack ne voulait plus rester dans le pays où s'était déroulée la tragédie familiale que je vous ai racontée hier matin. Sa fille Andréa voulait aussi partir. Quand elles ont appris que la Pologne acceptait le retour des émigrés d'autrefois, elles se sont inscrites sur les listes de rapatriement. Mais Valentina, peut-être parce qu'elle croyait contre toute attente que je lui reviendrais, a choisi de ne pas quitter Cransac. Sa mère a hésité pendant plusieurs mois, puis a trouvé une veuve qui voulait retrouver son village sur la Vistule et qui a accepté de faire le voyage à sa place. Finalement, elle a choisi de veiller sur Valentina. L'ingénieur Gasparède, qui avait connu et apprécié Walkzack, a bien voulu prendre sa femme en charge. Il l'a installée ici, à Bonne-Mine, pour s'occuper de la maison. Ce n'était pas un luxe, madame Gasparède étant déjà passablement dérangée. Depuis, Marie n'a quitté cette maison que pour venir passer une soirée par mois auprès de sa fille, quand je suis absent.

– Où est-elle, maintenant ?

– Avec Tina, dans une chambre au premier étage. Notre docteur de famille est venu la soigner vers minuit.

– Que lui est-il arrivé ?

La grimace qui déforma le visage d'Huchon traduisait une gêne évidente mais Combes crut y lire un soupçon d'amusement :

– Eh bien ! Ma femme a assommé sa mère d'un coup de cafetière sur le crâne. Elle cherchait à me défendre, ajouta-t-il soudain volubile, parce que Marie tentait de m'étrangler. C'est une femme qui s'emporte facilement, je vous l'ai dit, et j'avoue que je l'avais maladroitement provoquée.

– De quelle façon ?

– En déclarant que j'avais décidé de vous raconter comment est mort O'Shaffy.

– C'est la deuxième fois en un quart d'heure que vous me proposez vos explications sur cet assassinat. Est-ce vous qui l'avez tué ?

Huchon secoua la tête. Regardant l'adjudant-chef droit dans les yeux, le visage grave, il sembla hésiter à se lancer dans une longue phrase, mais buta sur le premier mot.

– Je… Non, ce n'est pas moi. J'aurais pu le faire. Je regrette même de ne pas l'avoir fait. Mais ce n'est pas moi.

– Alors ?

– Si vous voulez bien arrêter de me poser des questions subsidiaires, s'énerva l'assureur, je vais continuer mon histoire. Rappelez-vous. Je suis sur la route de Toulouse. Il est environ dix heures du soir. Valentina et sa mère sont seules chez moi. Elles pensent qu'elles vont aller se coucher tôt, d'ici une demi-heure, quand elles auront brodé encore un peu ; les Polonaises sont expertes en broderie. Pas de bruit à l'extérieur. Les relèves aux mines n'animent pas les rues de mon quartier. Un long coup de sonnette, à la porte d'entrée, fait lever la tête des deux femmes…

– Tiens, ton mari rentre déjà ? Il n'a même pas pris le temps de dîner à Toulouse ! Tu as bien de la chance qu'il soit toujours aussi empressé après vingt ans. Dommage que vous n'ayez pas d'enfant !

Un deuxième coup de sonnette coupa la parole à Marie. Plus nerveux et plus long que le premier.

– Ma parole, il s'impatiente !

– Ce n'est pas Alain. Il a ses clefs !

– Alors, c'est quelqu'un qui veut te voir. Il est peut-être arrivé quelque chose à ton cher mari ?

– Je vais ouvrir, dit Valentina, en se levant et en posant son ouvrage.

Pendant qu'elle disparaissait dans le couloir, sa mère se leva à son tour pour aller tisonner le feu de bois symbolique, entretenu dans la cheminée du salon parce que Tina se prétendait frileuse avant le plein été. Relevée, le tisonnier à la main, elle écouta un instant les voix étonnées qui résonnaient à l'entrée. Pas de cris, pas de pleurs ; il n'était rien arrivé à son gendre.

A peine était-elle assise qu'elle vit entrer dans la pièce, en même temps que sa fille, un étrange personnage, au visage rond moustachu, surmonté de cheveux roux si exubérants qu'ils avaient l'air d'une perruque. Fluet et plus petit que la moyenne, cet homme bizarrement attifé de deux pull-overs superposés et d'un pantalon de golf marron à rayures pouvait avoir entre quarante et cinquante ans. Quand il posa sur une chaise le blouson bleu marine et le foulard qu'il portait sur le bras, les deux femmes remarquèrent les bouts de ses doigts, gonflés par des cicatrices rougeoyantes, semblables à celles que portait Alain.

– Mon Dieu, dit Valentina, tout émue, mon pauvre Guillaume, je vois que vous avez été torturé comme mon mari !

Le pauvre Guillaume, qui avait l'air d'un clown triste au goût de Marie Walkzack, se permit de sourire en agitant les mains comme des marionnettes.

– Ma chère, nous devons considérer ces marques comme l'insigne d'un corps de troupe particulièrement honorable. Et je vous assure qu'elles sont indolores, après tout ce temps.

– J'espère que vous êtes revenu dans la région pour quelque temps. Alain serait désolé de vous avoir manqué aujourd'hui. Mais je suis certain qu'il sera très heureux de savoir que vous vous en êtes tiré, vous aussi ! Dire que tout le monde vous croyait mort !

– J'en suis étonné, persifla O'Shaffy, voilà deux ans que j'ai écrit au captain Hervieux. J'avais pensé qu'il préviendrait au moins mon ami Huchon !

– Hervieux ne nous a rien dit. Vous auriez dû nous écrire directement, protesta la jeune femme. Nous ne nous sommes pas connus longtemps, mais nous étions si proches et si heureux d'être ensemble ! Dire que nous ne sommes plus que trois, avec vous, à pouvoir nous réjouir de nous retrouver !

– Le reste de votre famille est-il reparti pour la Pologne ? Que sont-ils tous devenus ?

Avant que sa fille ait eu le temps de reprendre son souffle, choquée par la brutalité de la question et redoutant d'énumérer les réponses cruelles qu'elle réclamait, Marie Walkzack se redressa dans son fauteuil trop moelleux, si peu conforme aux habitudes de toute sa vie.

– Je crois, aboya-t-elle en cherchant à croiser le regard d'O'Shaffy, que vous êtes Guillaume l'Anglais. Justin, le garçon qui avait séduit mon Elizabeth, m'a parlé de vous. Il ne vous aimait pas beaucoup. « Pas confiance », il me disait. Il est mort, le même soir que mon homme et Elizabeth, fusillés par les Allemands. Andréa, mon autre fille, a été rapatriée dans notre pays il y a plus de vingt ans. Elle préférait vivre auprès des morts qu'elle n'avait pas connus qu'auprès de ceux dont le souvenir l'empêcherait d'être heureuse. J'espère qu'elle va bien ; je n'ai aucune nouvelle d'elle. Là-bas, le régime est difficile. Interdit d'écrire.

– En somme, constata O'Shaffy, à part cette chère Valentina qui a eu la chance de voir son soupirant d'autrefois rentrer au bercail, la famille Walkzack n'a pas profité de ses sacrifices !

Cette constatation avait été prononcée avec un tel cynisme que les deux femmes échangèrent un regard stupéfait. La mère commençait à se dresser pour se lancer au combat quand sa fille réussit à la calmer d'un geste impérieux des deux mains, accompagné d'un froncement de sourcils.

– Nous ne nous attendions pas à tant d'agressivité de la part de quelqu'un à qui nous n'avons jamais fait de mal, dit Valentina dont les yeux profonds scrutaient leur visiteur en cherchant à deviner la cause de la rancune qui le minait. Pourquoi exactement êtes-vous ici, Guillaume ? ajouta-t-elle.

– Je pourrais vous faire la même réponse qu'au sous-préfet et aux gendarmes que j'ai été voir à Rodez. Je leur ai avoué que je cherchais depuis mon retour des camps allemands les noms de ceux qui m'avaient trahi en 1944. J'ai précisé qu'aussitôt découverts je les livrerais à la justice française, à moins, bien sûr, qu'ils ne me suppriment avant.

– Seigneur, s'exclama Tina, êtes-vous sûr d'avoir été dénoncé ? Par quelqu'un que nous avons connu ? Mon pauvre Alain n'a jamais rien soupçonné de pareil ! Et vous croyez que les coupables iraient jusqu'à vous tuer, aujourd'hui encore ! Je n'arrive pas à imaginer qu'on puisse en arriver là. Il faut à tout prix que vous attendiez ici le retour d'Alain. Il sera là d'ici une heure ou deux, il vous aidera à vous défendre contre ces ordures !

Guillaume l'Angliche haussa un sourcil, comiquement, comme s'il doutait du secours que pourrait lui apporter son ancien ami Huchon. Il se pencha vers la chaise sur laquelle il avait posé son blouson, fouilla une poche, dont il retira, successivement, un long et étroit cigare blond, qu'il se planta entre les mâchoires sans solliciter l'avis des femmes, et un petit pistolet noir, qu'il manipula ostensiblement avant de se réinstaller dans son fauteuil. Il avait l'air réjoui d'un conférencier qui vient d'amener son public au point d'intérêt et d'émotion convenable.

– Je ne crois pas, sourit-il, avoir besoin de l'aide de votre mari. Vous voyez que j'ai ce qu'il faut pour me défendre tout seul.

Après quoi, il alluma posément son cigare à un briquet de métal qu'il reposa soigneusement sur la table basse, laissa pendre à côté de l'accoudoir le bras au bout duquel son arme luisait placidement, comme un objet décoratif. Il ouvrit deux fois la bouche, en faisant claquer ses lèvres comme un enfant jouant au poisson, pour tenter de souffler un rond de fumée parfait. Son échec le fit ricaner. Cheveux calamistrés, sourcils roux broussailleux, nez et menton pointus et lisses qui ressortaient comme des rochers de lande sur le lacis des rides d'une peau des joues fragile et rose, le major O'Shaffy n'arrivait pas à avoir l'air démoniaque. Tout juste pouvait-il passer pour un de ces lutins farceurs et méchants qui hantent les foyers des campagnes.

– Je ne sais pas à qui vous essayez de faire peur, remarqua aigrement Marie Walkzack.

Personne ici n'a de raison de vous faire ce plaisir.

– Suivez mon raisonnement, dit le major. Soit un groupe de neuf personnes, votre famille, votre futur gendre et trois gradés du maquis Vaillance ; en moins de trente-six heures, les Allemands en tuent quatre et en arrêtent deux. Restent libres et valides trois femmes, qui ne seront pas inquiétées. Ne pensez-vous pas qu'à mes yeux et à ceux des gendarmes, les survivantes peuvent être suspectées de trahison, pour sauver leur peau ?

Cette fois, la mère et la fille toisèrent Croquemitaine avec mépris. Valentina traduisit leur sentiment commun :

– Pour dire les choses crûment, vous nous accusez, ma mère et moi, de vous avoir vendu il y a vingt-quatre ans aux Allemands ? Et vous êtes venu avec un pistolet pour nous tenir en respect jusqu'à l'arrivée des gendarmes ? Bon ! Le téléphone est là, sur le guéridon. Appelez-les.

– Je crains que vous ne compreniez pas mes intentions. Cette arme n'est pas là pour vous empêcher de vous débarrasser de moi, mais pour vous tuer. De préférence avant le retour de l'ancien sergent-chef Huchon. Celui-là, j'avoue que j'ai été très étonné de le voir sortir des camps. Vous ne pouvez vous en prendre qu'à cette survie miraculeuse si j'ai conçu l'idée de supprimer pour de bon tous les témoins de notre petit drame.

– Vous avez peur qu'Alain se pose des questions ?

– Il est évident qu'il s'en posera quand il saura que je suis toujours vivant. Quand il aura terminé son enquête, il est tout aussi évident qu'il en rendra les résultats publics. C'est une éventualité que je ne peux accepter. En Grande-Bretagne, je suis bien considéré, j'ai un passé honorable, je suis décoré et respecté. Je n'ai pas envie de voir tout ce que j'ai gagné détruit par un article historique dans une revue d'amicale d'anciens résistants me désignant comme traître.

Un long silence de stupeur gela les deux femmes sur leur siège. Même quand elles se laissaient aller à leurs souvenirs, elles n'avaient jamais envisagé la vérité qui les aveuglait maintenant. Ce n'était pas la colère qui les envahissait mais le dégoût. Et, du moins dans la tête et le cœur de Marie, une rage éruptive qui la jeta debout, l'insulte à la bouche :

– Fils de chienne ! Assassin ! C'est toi qui as vendu tout le monde !

– Assise, la Polack ! Et calme-toi, vite !

Le bras armé tendu, à trois mètres, ne tremblait pas, dirigé droit sur la poitrine de la sexagénaire. Sans doute un éclair de sagesse illumina-t-il à la dernière seconde cette statue de la vengeance, ou saisit-elle dans le regard froid des yeux bleus qui la défiaient une lueur de satisfaction anticipée. Elle se rassit, tremblante de fureur, sans cesser d'incendier des yeux le visage pâli de son ennemi.

– Quand tu nous auras tuées, la police t'attrapera et tu seras guillotiné. En France, on exécute les meurtriers.

Le pistolet toujours ferme, O'Shaffy se permit un petit rire aigrelet :

– Rappelle-toi. J'ai prévenu la gendarmerie qu'il était bien possible que ceux ou celles que je poursuivais veuillent me faire taire. Je n'aurai qu'à invoquer la légitime défense. Peut-être même me félicitera-t-on.

– Alain te fera payer notre mort dès qu'il arrivera, cria Valentina.

– Ton Huchon aura à peine le temps de refermer la porte d'entrée derrière lui. Quand vous serez partis tous les trois, je verrai à me faire une petite blessure pour accréditer ma thèse. Crois-moi, ma façon de raconter l'histoire sera tout à fait crédible.

Tétant son cigare avec un détachement que démentait son regard vigilant, il affichait la joie mauvaise d'un psychopathe sur le point de se livrer à ses rites sacrificiels. Gagner du temps. Il fallait gagner du temps, pensa instinctivement Valentina, déranger le cours de la liturgie.

– Pourquoi ? demanda-t-elle. Est-ce que tu étais un agent allemand en mission auprès de nous ? Ce qu'on appelait une taupe ?

Cette fois, le rire de Guillaume l'Angliche sonna clair. Il s'amusait du manque de perspicacité des deux femmes. Le pistolet encore brandi, il croisa une jambe sur l'autre et balança son pied chaussé de cuir bien ciré. Il avait décidé d'attendre la fin de son cigare pour exécuter ses deux premières victimes. Fixant le mi-bas à carreaux bruns et jaunes qui allait et venait devant elle, Marie, fureur à peine maîtrisée, ne prononça qu'un nom, le seul qui pouvait montrer à l'adversaire qu'elle l'avait percé à jour.

– Elizabeth ! C'est à cause d'elle…

– Je l'aimais ! Je l'adorais, Elizabeth ! Vous ne saurez jamais à quel point, cria

O'Shaffy, jailli de son fauteuil, à la fois extasié et exaspéré. J'aurais fait n'importe quoi pour qu'elle m'aime aussi. Je savais bien que Justin avait été son premier homme, et que c'était pour lui qu'elle me demandait d'organiser un parachutage. J'étais d'accord à condition qu'elle cesse de le fréquenter. Nous aurions pu avoir un si bel avenir, elle et moi. En Grande-Bretagne, partout où elle aurait choisi d'aller. Le soir où nous l'avons trouvée à Masclès, Huchon, Jacquinot, Coutaux et moi, j'ai donné l'ordre aux trois autres de m'attendre, je suis sorti avec elle et je lui ai proposé mon marché. Il n'y avait pas beaucoup de lune mais la nuit était magnifique et tiède. Je l'ai prise dans mes bras ; elle s'est laissé embrasser, sans vraiment participer mais je pensais voir les étoiles dans ses yeux. C'était la première fois que nous étions seuls, loin de toute la bande habituelle. J'étais transporté, comme un collégien. Mais quand j'ai voulu en faire plus, elle m'a dit qu'elle avait peur, que Justin la faisait surveiller, que passer sa nuit avec moi risquait de déclencher un drame, qu'elle voulait rentrer à Cransac chez ses parents et qu'elle remonterait me voir le lendemain à Masclès. Pendant qu'elle me débitait toutes ces excuses et ces promesses, je la tenais serrée contre moi, je respirais son parfum, je sentais son souffle soulever sa poitrine contre la mienne. J'étais en état de défier la terre entière. Elle a pourtant réussi à me convaincre qu'elle devait partir, sans pouvoir m'empêcher de décider de la raccompagner en ville. Bras dessus, bras dessous, nous avons fait la route, avec quelques pauses pendant lesquelles elle m'a encore permis de l'embrasser et d'essayer de l'enflammer autant que je l'étais. Il était onze heures ou onze heures et demie quand nous sommes arrivés aux premières maisons. Là, elle m'a affirmé qu'il ne serait pas prudent que j'aille plus loin à cause du couvre-feu. Alors, les choses ont commencé à se gâter. Elle m'a reproché de me conduire comme un gamin, me représentant que nous étions en guerre et que penser à l'amour n'était pas de saison. Sous un lampadaire encore allumé, au carrefour de la route du Gua, je lui ai montré la photo de notre groupe que Jacquinot avait prise une semaine plus tôt et que je portais dans ma poche pour ne pas la quitter, elle. Alors elle s'est déchaînée et m'a traité de tous les noms, « dangereux imbécile, irresponsable, imprudent aveugle », et même « assassin en puissance », parce que je risquais, si j'étais pris, d'offrir à la Gestapo les photos de cinq compagnons. « C'est comme si tu les condamnais toi-même. Tu prétends m'aimer et tu laisses traîner mon portrait devant le premier venu ! » J'ai essayé de discuter, de lui expliquer que seule ma passion m'avait fait commettre cette imprudence, que je lui demandais humblement de me pardonner, que je promettais en rentrant à Bancarel de ranger cette photo compromettante au plus profond de mon sac. Non seulement elle n'a rien voulu écouter, mais elle m'a dit, en face : « Lieutenant O'Shaffy, ne vous imaginez pas que vous avez tous les droits parce que vous êtes venu faire votre guerre chez nous. Vous croyez pouvoir exiger que je couche avec vous en échange de quelques armes. Vous pouvez rentrer en Angleterre. Nous nous battrons aussi bien sans vos grenades ou vos mitraillettes. En tout cas sachez que j'appartiens corps et âme à Justin. Lui, c'est un homme qu'on peut aimer. Et s'il n'existait pas, j'en trouverais un autre, n'importe quel garçon courageux et honnête. Vous, vous n'avez aucune chance : vous êtes laid, vous êtes lâche. Vous avez cru qu'en me forçant à vous embrasser, j'allais vous céder ! Vous m'avez juste donné envie de cracher. »

Debout, hors de lui, les poings serrés et le visage crispé, Guillaume haletait sous la poussée du torrent de souvenirs qu'il avait remâchés depuis vingt-quatre ans et qu'il venait d'évoquer pour la première fois à voix haute, avec une passion et une colère aussi fortes que celles qu'il avait ressenties autrefois, au pied du lampadaire du carrefour du Gua. Il ferma les yeux quelques secondes, ravagé par l'émotion.

– Elizabeth n'aurait jamais dû accepter que vous vous approchiez d'elle, même pour le bien du maquis de Justin, dit Valentina d'une voix vibrante, les yeux brillants comme si elle se déclarait prête à prendre le relais de sa sœur disparue.

– Ma fille avait un caractère de cochon, apprécia Marie avec un sourire d'ogresse, mais elle savait remettre les salauds à leur place !

Cette union sacrée avait donné à l'ennemi le temps de se ressaisir. O'Shaffy adressa aux deux femmes un sourire vipérin et se rassit sur l'extrême bord de son fauteuil, comme s'il était prêt à entamer la dernière phase de son programme.

– Votre Elizabeth n'était qu'une garce, lâcha-t-il en levant son arme pour prévenir toute récrimination. Qui plus est une garce stupide. Elle s'était moquée de moi et jugeait bon de m'humilier et de m'insulter ! Personne, jamais, ne s'était permis le dixième de ce qu'elle avait osé me dire. Elle ne savait pas quelle réaction pouvait avoir un homme bafoué. Quand elle est partie en courant, je l'ai suivie de loin pour repérer l'endroit exact où elle se rendait. Je croyais que Justin était là à l'attendre avant de partir pour son embuscade. Je voulais faire d'une pierre deux coups. Quand elle a refermé sa porte, je suis reparti au galop vers la sortie du puits n° 1, où je savais qu'il existait un petit poste de garde, un sous-officier et cinq ou six soldats. Je parle aussi bien allemand que français. J'ai dit que je venais livrer des résistants. Le *Feldwebel* a téléphoné à la Kommandantur d'Aubin qui a aussitôt envoyé une voiture de liaison pour me chercher. C'étaient des gens efficaces ; moins d'une heure après, une section était chez vous, pour nettoyer le « nid de terroristes ».

Marie Walkzack était tombée à genoux, comme si elle priait pour son mari et sa fille abattus devant elle.

– Vous n'êtes pas seulement un assassin, vous êtes fou à enfermer, gémit-elle. Faire tuer la femme que l'on aime parce qu'elle ne vous aime pas !

– Oh, ricana O'Shaffy, tout n'a pas été simple pour moi non plus. Les nettoyeurs étaient déçus parce qu'ils n'avaient pas trouvé Justin au nid et que trois femmes leur avaient échappé. Alors ils se sont un peu plus intéressés à moi. J'étais obligé de leur donner des gages. D'abord sur le maquis Vaillance à Bancarel et ses contacts à Conques. Ensuite sur les quelques garçons qui étaient avec moi à Masclès. Ils ont décidé de me raccompagner jusque là-bas et d'y installer une souricière pour tenter d'intercepter le commandant Roger s'il décidait de se joindre aux FTP de Justin. Au bout de vingt-quatre heures, Vaillance n'arrivant pas, ils ont arrêté Huchon et Jacquinot.

– Quand donc vous ont-ils arraché les ongles ? Pour faire plus vrai, j'imagine ? osa demander Valentina d'une voix amère.

Le major gloussa de satisfaction en jouant des doigts de sa main gauche :

– Merci de me plaindre ! Ces affreuses cicatrices ne sont que des prothèses en caoutchouc qu'on utilise dans les films d'horreur. J'ai pensé que c'était un excellent camouflage pour inspirer confiance en revenant ici.

– Maintenant que vous nous avez raconté votre histoire, vous allez nous tuer toutes les deux, attendre Alain pour le supprimer aussi et appeler vos gendarmes avec notre téléphone !

– Pas tout à fait. Quand j'aurai terminé mon nettoyage, et que je serai certain que personne n'aura plus l'idée de me croire un traître, j'irai récupérer ma voiture au parking de la mairie et je rentrerai à Rodez pour faire soigner mon bras gauche, que ce cher Huchon aura blessé d'un coup de couteau de cuisine.

– C'est, paraît-il, la dernière phrase qu'a prononcée le sieur O'Shaffy de son vivant, assura d'une voix lasse Alain de Raviel.

Combes n'avait pas une fois interrompu le récit si détaillé de son témoin, auquel ne manquait que la conclusion.

– C'est à ce moment-là que vous êtes arrivé et que vous avez assommé votre visiteur inattendu, commença-t-il.

– Non ! Je vous l'ai déjà dit. Il goûtait manifestement la peur qui commençait à envahir Tina. Il lui faisait face et avait cessé pendant quelques secondes de surveiller ma belle-mère. Même à son âge, c'est une maîtresse femme, décidée et violente. Elle a saisi le tisonnier qu'elle avait une heure avant posé contre son fauteuil et en a asséné un coup à la volée sur la nuque d'O'Shaffy. Il a glissé sur le tapis et n'a plus bougé. Quand je suis enfin rentré chez moi, vers minuit moins le quart, j'ai eu du mal à comprendre ce qui s'était passé, en essayant d'ordonner les faits et les réactions des trois protagonistes de cette abominable soirée. Finalement, après avoir trouvé dans son blouson les clefs de la voiture du mort, j'ai décidé de l'éloigner de chez moi. Je ne voulais pas que mes femmes soient inquiétées. J'ai pris le pistolet de l'Angliche, lui ai tiré une balle dans la tempe, j'ai chargé le cadavre dans ma voiture et je suis parti pour Aubin. Je n'ai eu aucun mal à retrouver son véhicule devant la mairie et à le mettre dedans. Je n'avais même pas enlevé mes gants de conduite depuis Toulouse, j'étais certain de n'avoir laissé aucune empreinte et personne ne m'avait vu. A une heure du matin, il n'y a pas un chat dans les rues.

Combes trouvait que l'histoire de ce meurtre avait un ton de véracité convaincant. Il se disait aussi que la version « traîtrise de Guillaume », somme toute satisfaisante, aurait quand même besoin de quelques preuves pour être préférée à la version « traîtrise des Walkzack » qu'il avait proposée la veille dans le bureau de Tournayre.

– Pourquoi la réunion de ce soir a-t-elle eu lieu à Bonne-Mine plutôt que chez vous ? demanda-t-il.

– Parce que, hier matin, l'idée de votre visite m'a inquiété et que j'ai décidé d'envoyer ma femme, qui est sensible et que cette aventure a fragilisée, chez sa mère pour deux ou trois jours.

– A ce moment-là, vous vouliez nous cacher ce qui s'était passé ?

– En effet, et j'avais peur que Tina ne soit pas de taille à résister à un interrogatoire poussé.

– Vous savez bien maintenant que je vais devoir l'interroger quand même tout à l'heure, hors de votre présence. Evidemment, vous avez eu le temps de mettre tous deux votre histoire au point dans les détails. Mais elle pourrait trébucher.

Alain Huchon regarda l'adjudant-chef avec un demi-sourire de commisération :

– Vous ne chercherez pas à la prendre en défaut, je le sais. Vous êtes déjà arrivé à la même conclusion que moi. Un type qui se maquille de fausses cicatrices de torture est par définition au moins un escroc.

– Oui, admit Combes en souriant à son tour. Nous avions déjà remarqué que notre « suicidé » s'était transformé les doigts. Mais ce n'est pas la preuve formelle qu'il était un traître il y a un quart de siècle.

– La preuve formelle, dit calmement l'ancien de la France libre, c'est vous-même qui la détenez. Si cette ordure d'O'Shaffy avait réellement été arrêté comme maquisard, comment expliquer que les Allemands ne lui aient pas confisqué cette photographie que vous m'avez montrée hier, qu'il avait exhibée devant notre pauvre Elizabeth, et qu'il a gardée tout au long de ces années ?

21

– Très peu de différences entre ce que m'ont déclaré Raviel, sa femme et sa belle-mère. Portant surtout sur le vocabulaire. A mon avis, ils m'ont bien raconté les mêmes faits, mais chacun avec sa façon personnelle de les vivre et chacun avec ses propres mots. Valentina de Raviel, avec une espèce de naïveté dans l'appréciation du caractère d'O'Shaffy, s'étonnant qu'un homme soi-disant amoureux fou puisse devenir en quelques minutes acharné à détruire celle qu'il aimait pour se venger. Marie Walkzack, dont le gendre a eu selon moi toutes les raisons de vouloir vivre à quelque distance, s'est montrée abrupte dans son indignation quand elle m'a raconté avec feu les derniers instants de son ennemi. Avec le turban que lui avait fabriqué le toubib sur sa blessure, elle avait un tel tonus que je n'ai même pas eu envie de rire quand elle a mimé le coup de tisonnier qui a étendu notre major pour le compte. Entre parenthèses, mesures et distances sommairement prises, ce coup-là aurait exactement infligé à la victime les dégâts constatés par le légiste.

– En somme, dit la voix de Tournayre, vous êtes certain d'avoir les coupables du meurtre ? Aucun doute ?

– Non seulement je n'ai aucun doute à ce sujet mais je n'en ai pas non plus sur le fond de l'histoire. Manifestement, les trois protagonistes que j'ai cuisinés cette nuit ne m'ont pas récité un scénario mis au point et appris par cœur, mais m'ont avoué la vérité.

– Tout de même, pourquoi notre major britannique est-il venu se faire tuer chez nous ? Pourquoi n'est-il pas resté tranquillement dans son pays où personne ne pensait à aller l'accuser ?

– Parce qu'il croyait qu'aucune de ses victimes n'avait survécu et ne viendrait le chercher. La lecture de l'article du bulletin de Vaillance lui a appris qu'Huchon s'en était sorti. Pour lui, ce témoin qui sortait de la tombe pouvait faire éclater la vérité s'il savait qu'O'Shaffy vivait paisiblement à Londres. Il suffisait qu'Hervieux renseignât son ancien compagnon et c'en était fait de l'honorabilité si chèrement gagnée. Il a longuement enquêté pour découvrir le nom de

Raviel et pour avoir la localisation des survivantes de la famille Walkzack. Une fois ces renseignements obtenus, il a décidé que finir l'ouvrage commencé en 1944 en supprimant tout son monde était indispensable au maintien de son image. Il a bien manœuvré en nous faisant croire qu'il avait peur de ceux qu'il poursuivait ; il se préparait simplement à plaider la légitime défense. Alors que finalement ce sont Marie Walkzack et Alain de Raviel qui doivent réclamer ce droit.

– Rien n'est jamais simple avec vous, grommela Tournayre à l'autre bout du fil. Comment voyez-vous la situation, maintenant ? Allez-vous boucler vos trois témoins ? Il va bien falloir qu'ils rendent des comptes à la justice, même s'ils se sortent d'un procès avec les honneurs.

– Mon capitaine, dit Combes prudemment, j'ai réfléchi aux directives de la préfecture que vous m'aviez transmises. Je crois qu'elles ne s'appliquent pas seulement aux frictions entre anciens résistants, mais qu'elles pourraient aussi arrondir certains angles gênants dans les relations internationales. Si je ne me trompe pas, nous n'avons encore fait paraître aucun compte rendu d'enquête officiel ?

– Aucun, non. Qu'est-ce que vous magouillez ?

– Je ne magouille pas, s'amusa l'adjudant-chef, mais j'ai une solution qui pourrait séduire monsieur le secrétaire général. En attendant je voudrais avoir votre autorisation pour…

Ce que proposait Combes, et qu'il exposa en détail, parut au capitaine frappé pour une fois au coin du bon sens. Finalement, c'était ce qui séduisait Tournayre chez son meilleur limier : cette capacité à multiplier les pistes et à embrouiller l'écheveau en même temps qu'il agaçait particulièrement les nerfs, et ce petit coup de baguette qui les apaisait en fournissant la réponse clef au problème posé.

– D'accord, dit-il, définitivement de bonne humeur. Avec ça dans la poche, c'est le préfet lui-même que je vais aller voir illico. M'étonnerait qu'il refuse ma proposition, enfin, la vôtre ! Je vous retrouverai au centre médical, en fin de matinée. N'oubliez pas que vous avez un autre combat à gagner ! Bonne chance.

Il était huit heures et demie passées. La grande salle de Bonne-Mine paraissait presque accueillante à celui qui avait confessé tous les acteurs importants de l'affaire O'Shaffy. Il avait sans façons accepté un bol de café chaud de l'imposante Marie Walkzack, qui ne paraissait pas lui en vouloir de la curiosité tatillonne avec laquelle il l'avait entreprise. Huchon, soulagé d'avoir trouvé un auditeur compréhensif, se montrait presque souriant, et sa femme, depuis que Combes avait affirmé croire à leur vérité, lui souriait avec son fameux charme slave de plus jolie fille de Cransac.

– On m'avait dit que vous étiez blonde et frisée, lui dit-il en levant le nez de son bol.

– Quand Alain a disparu, avoua-t-elle, j'ai coupé ma tignasse et me suis teinte en brune. Quand il est revenu, il a trouvé que ma nouvelle coiffure lui plaisait. Je l'ai gardée.

– Moi aussi, j'adorais me montrer chaque jour différente, mais mon pauvre mari n'y faisait jamais attention, se plaignit la voix de crécelle de madame Gasparède, toujours en peignoir de finette.

Raviel avait eu pitié d'elle et avait ouvert sa porte, à la fin des interrogatoires. L'ambiance étant à la détente, la « dame de compagnie » avait daigné s'occuper du petit déjeuner de la maîtresse de maison ; elle mignardait devant ces visiteurs presque souriants, qui lui rappelaient l'heureux temps de l'activité de monsieur Gasparède.

Quand elle décida d'entreprendre plus spécialement ce charmant militaire en uniforme qui paraissait le centre de la conversation, elle s'offusqua de le voir rompre sans beaucoup de révérence. Combes avait mieux à faire qu'à répondre aux avances d'une névropathe en peignoir.

– Je vais vous demander de bien vouloir rejoindre votre domicile, dit-il, et d'y attendre une convocation aux bureaux de la gendarmerie de Rodez. Vous y signerez votre déposition et on vous notifiera la suite qui sera donnée officiellement à cette affaire. Madame Walkzack devra peut-être régler son problème de rapatriement refusé, sans risquer plus qu'une amende, à ce que je crois. Au revoir, et merci pour la confiance que vous m'avez témoignée.

Dehors, le soleil dorait un ciel pur de tout nuage, et les herbes folles du jardin se piquetaient d'innombrables boutons-d'or. Il faisait nettement frais. A en juger par la mine de Girassol, qui n'avait pas osé désobéir aux ordres et avait attendu sur place la sortie de son supérieur atrabilaire, il avait fait encore plus froid pendant cette fin de nuit. Combes eut presque pitié de lui.

– Bon, Girassol, je viens de téléphoner au capitaine Tournayre qui vous précisera directement vos nouvelles instructions. Notre affaire est pratiquement terminée. Les occupants actuels de Bonne-Mine peuvent rentrer chez eux sans surveillance particulière. Ils savent qu'ils seront convoqués à Rodez. A propos, qu'est devenu le taxi qui attendait à mon arrivée ?

– Popeck, le conducteur, avait été appelé au secours par la folle, et comme il n'avait rien à faire dans le tableau, il m'a demandé s'il pouvait repartir. Il est bien connu dans le pays. J'ai cru pouvoir le lui permettre.

– Vous avez eu tout à fait raison. Faites-en autant et repliez votre dispositif. Merci pour votre aide.

Le maréchal des logis-chef Girassol préféra ne pas se poser de questions sur le sens de ce remerciement ambigu, ni sur l'humeur versatile des adjudants-chefs. Il salua réglementairement, repartit vers sa Jeep et démarra avant même que Combes eût rejoint son véhicule.

– On rentre à la maison, dit-il au conducteur qui ronflait à son volant. Après une pause au premier bistrot ouvert. J'imagine qu'un café chaud serait le bienvenu.

Une demi-heure de retard due à un encombrement incompréhensible sur la route du retour, plus une autre demi-heure consacrée à un minimum de toilette, après cette nuit de travail ; Joseph Combes, pomponné, rasé de près mais sanglé dans sa tenue de tous les jours (car il avait jugé que l'uniforme de cérémonie risquait de paraître trop guindé pour des retrouvailles familiales), fit son entrée au centre médical hospitalier de la rue Combarel.

Il avait fait prévenir sa belle-mère qu'il ne serait pas exact au rendez-vous de la dernière chance et lui avait demandé d'emmener Robert et Thi-Ba sans l'attendre au chevet de Claire. « Ils devraient y être, maintenant », se disait-il en gravissant, l'air impassible, les trente marches qui menaient au premier étage. Il avait refusé d'emprunter l'ascenseur, de peur de se trouver face à face avec sa propre image reflétée par le miroir qui occupait tout le fond de l'engin. En arrivant en haut de l'escalier, peut-être à cause de la texture des dalles caoutchoutées du couloir qui lui donnaient l'impression d'avoir des jambes élastiques, peut-être tout simplement parce qu'il était trop angoissé pour avoir le pas assuré, il s'arrêta avant de passer devant le guichet vitré du poste de surveillance de l'infirmière d'étage. Un instant de faiblesse ; tout ce à quoi le travail de la nuit passée l'avait soustrait, la peur de l'état de Claire, la peur d'un diagnostic définitif, la peur d'un avenir familial éclaté, toutes ces peurs l'assaillaient à la fois, informulées mais multipliées par les images brèves que chacune faisait naître dans sa tête, inexorables comme si un projecteur automatique de diapositives lui imposait la vue de Claire le chassant de sa chambre l'avant-veille, Claire au masque de cire lui offrant un visage de momie, Robert et Thi-Ba en pleurs s'accrochant à lui, Claire encore enfermée dans une cellule capitonnée, et même sa belle-mère, pauvre femme ! l'insultant parce que responsable de l'état de Claire, Claire partout et toujours…

– Ça ne va pas ? Avez-vous un malaise ?

Une main posée sur le bras de ce gendarme appuyé au mur, les yeux fermés, et la voix douce mais inquiète d'une aide-soignante en blouse bleue qui sortait de l'ascenseur arrachèrent Combes du bord de son gouffre intime. Il sourit mécaniquement, hocha la tête avec autorité, murmurant « Non, non, tout va bien, juste un peu de fatigue ». Il repartit dans le couloir sous le regard inquiet qui notait l'air hagard et la démarche en coton. Conscient d'être surveillé, il raidit le dos, leva le menton et donna plus fermement du talon sur ces fichues dalles souples qui faisaient naître des terreurs dans les esprits les mieux trempés. Vingt-cinq mètres plus loin, en arrivant au tournant à angle droit après lequel son avenir se jouait derrière la troisième porte à gauche, l'adjudant-chef Joseph Combes avait retrouvé un maintien convenable.

Il se préparait à passer quelques secondes difficiles avant de franchir le dernier seuil. Mais il était écrit que ce jour serait à marquer d'une pierre blanche. La porte fatidique était grande ouverte. Le docteur Touloupe était appuyé au chambranle, en blouse blanche déboutonnée, bras croisés et sourire aux dents. Malgré le choc de cette apparition inespérée, Combes trouva un peu ridicules les mimiques enfantines, yeux et lèvres crispés, hochements de tête, qui voulaient souligner la satisfaction du praticien. Sans un mot, celui-ci passa un bras derrière les épaules de l'arrivant et le propulsa dans la pièce.

La chambre n'avait plus rien de l'aspect ordonné auquel le mari d'une malade était habitué. Sur une chaise renversée, Robert jouait au cow-boy en glapissant, Thi-Ba dansait comme une bayadère, enveloppée dans un dessus-de-lit rose. Debout derrière le pied du lit, souriante, madame mère manipulait un énorme bouquet de fleurs comme si elle se demandait où trouver un vase assez grand. Et surtout, surtout, assise devant ses oreillers, il y avait Claire, le visage reposé, l'œil vif, les mains agiles. Elle devait être en train de parler des fleurs à sa mère ou de demander aux enfants de faire moins de bruit, mais Combes n'entendait rien. Les yeux embués, un sourire idiot aux lèvres, il contemplait ce tableau du bonheur. Puis, Claire tourna la tête et le regarda.

Elle avait dans l'œil l'étincelle de la connaissance et un soupçon de fossette à la joue, mais elle gela l'élan de son mari vers elle en posant une question surprenante, accompagnée de sourcils froncés dignes des meilleures scènes pour rire d'autrefois :

– Qui est cette Marie Frayssou qui a conquis ta fille en lui faisant des frisettes ridicules ? Thi-Ba m'a répété qu'elle se prétend ta bonne amie ! J'attends des explications, Joseph !

Une scène de jalousie ! C'était ce qu'elle avait trouvé de plus original pour montrer qu'elle avait recouvré toutes ses facultés ! Le regard qu'il lui adressa brillait d'autant d'adoration émerveillée que celui qui avait scellé leurs fiançailles, bien des années auparavant. Un regard auquel elle n'avait jamais su résister. Cette fois encore, elle ne résista pas. Elle jeta ses jambes nues à l'extérieur du lit et se dressa devant lui, vacillante mais souriant de toutes ses dents, les bras ouverts :

– Mon Joseph !

– Allons, mes enfants, gourmanda madame mère avec à-propos, nous allons jouer dehors. Votre père et votre mère ont à parler de choses sérieuses.

Le capitaine Tournayre, après un quart d'heure passé dans le bureau du préfet, et une heure dans celui du secrétaire général, était lui aussi satisfait de sa matinée. La seule inquiétude qui menaçait encore sa tranquillité tenait à l'état de cette petite madame Combes. Il était assez pressé d'apprendre si son idée de réunion de famille avait porté ses fruits.

La rencontre du docteur Touloupe dans le couloir du rez-de-chaussée le rassura immédiatement ; madame Combes avait reconnu du premier coup sa mère et ses enfants, et elle s'était jetée dans les bras de son chenapan de mari.

Malgré ces excellentes nouvelles, Tournayre ne remercia le médecin que du bout des dents. Le qualificatif attribué à son adjudant-chef ne passait pas. Il ne put résister au plaisir de semer un peu de doute dans l'esprit fermé de ce médicastre.

– C'est amusant que vous le traitiez de chenapan, dit-il avec bonhomie. Je sors de chez le préfet avec qui nous avons parlé de ce garçon. Je suis chargé de lui transmettre les félicitations les plus officielles pour la façon remarquable avec laquelle il a su régler un problème grave pour la paix des citoyens du département.

Il ajouta dans sa moustache, après avoir jeté un regard en coin au visage du docteur, que la mise au point du capitaine avait ramené à la sévérité la plus hautaine :

– Je me dépêche d'aller faire une visite aux tourtereaux !

Au premier étage, il toqua fortement à la porte et entra faute de réponse. Joseph et Claire étaient présentables mais sourds. Il fallut à Tournayre quelques plaisanteries forcées, quelques exclamations et tapes dans le dos pour ramener le ménage à une compréhension normale des choses extérieures. Il décida alors qu'il méritait bien un baiser de la miraculée et glissa au mari une feuille de papier brouillon à lire pendant ce temps.

« Communiqué de la Gendarmerie nationale. Rodez. Le corps d'un citoyen britannique nommé O'Shaffy, découvert dans sa voiture sur le parking de la mairie d'Aubin, a donné matière à une enquête de la Gendarmerie départementale. Membre éminent d'un maquis français durant l'époque de la Résistance, le major O'Shaffy avait alors commencé une idylle avec une jeune femme du pays, dont il a été séparé brutalement à la Libération. Malgré les années ses sentiments n'avaient pas changé et il a cherché depuis à retrouver la trace de cette personne, dont il indiquait récemment à quelques notables ruthénois qu'elle était indispensable à son existence. Apprenant brutalement le décès de celle qu'il souhaitait retrouver, le major s'est suicidé aussitôt, ainsi que l'ont établi les enquêteurs. »

Aubin Imprimeur
LIGUGÉ, POITIERS

Achevé d'imprimer en janvier 2003
pour le compte de France Loisirs
123, bd de Grenelle, 75015 Paris
N° d'édition 38067 / N° d'impression L 64667
Dépôt légal, février 2003
Imprimé en France